강승구 강지은 김경숙 김경화 김명희 김민주 김보승 김선영 김애자
김영숙 김이루 백송하 서옥남 신시옥 유명순 이소명 이순자 이정숙
전근이솜 전숙향 정명희 최수미 최은주 황다정 황수정

몽글몽글
내 인생

대경북스

몽글몽글 내 인생

1판 1쇄 인쇄 2025년 3월 20일
1판 1쇄 발행 2025년 3월 25일

발행인 김영대
펴낸 곳 대경북스
등록번호 제 1-1003호
주소 서울시 강동구 천중로42길 45(길동 379-15) 2F
전화 (02)485-1988, 485-2586~87
팩스 (02)485-1488
홈페이지 http://www.dkbooks.co.kr
e-mail dkbooks@chol.com

ISBN 979-11-7168-088-7 03810

들어가는 글

현재 이 순간을 알차고 단단하게

아주 먼 옛날, '몽글몽글'이라는 이름을 가진 마음 착한 아이가 살고 있었어요. 몽글몽글은 '작게 뭉치어진 물건이 말랑말랑하고 몹시 매끄러운 느낌'이라는 뜻을 가지고 있었죠.

그래서 그런지, 어느 누구와도 친구가 되어 밀가루 반죽같이 뭉쳐서 잘 어울리는 능력을 가지고 있었습니다.

"몽글몽글아, 너는 어쩜 그렇게 평온할 수가 있니?" 친구가 물었어요. 몽글몽글은 미소와 함께 대답했어요.

"내가 평온해 보인다니, 행복한 말이구나. 질문해 주어 고마워. 그럼, 나의 이야기를 들어주겠니?

내 이름 '몽글몽글'과 人生이라는 한자에 답이 있단다. 서로

기대어 함께 잘 살 수 있는 것이 우리잖아. 그래서 '사람 인' 한 자는 두 사람이 기대어 서 있는 모양을 보여주고 있지. 우린 결코 혼자서 잘 살아갈 수 없어.

흙 위에 싹이 나오는 모양의 '날 생' 한자를 볼까? 흙으로 만들어진 사람은 신께서 지구에 보내신 목적을 따라 각자의 열매를 맺어가며 살아가고 있어. 더불어 살면서 자신의 삶을 충실히 만들어 갈 때 끈적끈적하고 불편한 것들도 만나게 되겠지. 그럴 때마다 이것이 인생의 모양임을 인정하고 말랑말랑하고 매끄러운 '몽글몽글'을 선택하자는 마음으로 살아간다면, 이 책의 제목처럼 '몽글몽글 내 인생'이 완성될 수 있다고 생각해.

좋은 선택을 쌓아가기, 나에게 가치 있는 일을 나누고 확장하기, 나의 아픔을 잘 사용해서 내일을 걸어갈 수 있는 힘으로 삼기. 어때? 말랑말랑하고 매끄러운 인생이지?"

"카르페디엠. 현재 이 순간에 충실하라!"

몽글몽글의 대답에 친구는 자신도 모르게 크게 외쳤어요. 몽글몽글은 알차고 단단한 목소리로 말했지요.

"우리, 소중한 순간들을 잘 기억할 수 있도록 이제 글을 써 볼까? 기록은 기억을 이기니까."

2025년 봄,

책 쓰기 코치 백미정

차　례

제2장 오늘의 나 : 벅차오르다

제3장 내일의 나 : 다시금 뚜벅뚜벅

제1장

어제의 나 :
잘 살아냈구나

갈등 상황을 만나면
나는 어떤 선택을 하는 사람인가?
축적된 선택이 곧 '나'이다.
잘 살아내고 있는 나를 들여다 보자.

하얀 노트 옆에 편안하게 누워

강승구

편안한 내 방 책상 위.
오늘은 하얀 노트와 오색 볼펜이 만나는 날이에요.
"노트야, 안녕? 만나서 반가워!"
볼펜은 하얗고 세련돼 보이는 노트에게 인사했어요.
하지만 노트는 볼펜을 본 듯 만 듯 했지요.

'노트는 내가 마음에 들지 않는 걸까?
내가 낙서한 게 소문이 났나?
아니면 내가 뚱뚱해 보여서 그런 걸까?'
볼펜은 이내 속상해졌어요.
갑자기 화가 난 엄마의 모습이 떠올라

마음이 블랙홀에 빠진 것 같기도 했어요.

'아니야. 조금 전 노트에게 안 좋은 일이 있었던 걸지도 몰라.
혼자서 생각하고 단정 짓지 말자.
나는 노트와 힘을 합쳐 원하는 모든 것을
이루어 내고 싶으니까.'

볼펜은 노트와 좋은 관계를 유지하기 위해
그리고 목표를 위해 마음을 다잡았어요.

일주일 후,
깔끔하게 정리되어 있는 책상 위에서
볼펜과 노트는 다시 만나게 되었어요.
"노트야, 안녕? 반가워. 너는 여전히 하얗네."
볼펜의 인사에 하얀 노트는
이번에도 들은 체 만 체 하며 눈도 마주치지 않았어요.

볼펜은 노트를 기다리기로 했어요.
그리고 곁에 있기로 했지요.
노트가 먼저 말을 걸어 주는 그날이 올 때까지요.

볼펜은 하얀 노트 옆에 편안하게 누워
밤하늘을 바라보며 잠이 들었어요.

나는, 도전하고 또 도전하는 사람이다.
나는, 나를 믿는 사람이다.
나는, 글 쓰는 사람이다.

운동화 속의 발과 호수공원의 돌멩이

강지은

햇빛 찬란한 날 오후,
호수공원에서 운동화 속의 발은 작은 돌멩이를 만났어요.
빠르게 걷던 운동화 속의 발은
큰 나무 밑에서 웅크리고 있던 작은 돌멩이를 보고서
스치듯 인사했어요.
"안녕?"

하지만 작은 돌멩이는 대답이 없었어요.
한쪽 눈을 살짝 떠서 보는 둥 마는 둥 하더니,
다시 눈을 감고 꼼짝도 하지 않는 거예요.
'쳇, 날 무시하나?

주인을 바쁘게 따라가고만 있는 내 모습이 한심해 보였나?'

운동화 속의 발은 갑자기 자신이 초라하고
볼품이 없었던 때가 생각나서 소리쳤어요.
"아니야! 나는 내 주인이 가고 싶은 곳 어디든
데려다주고 있다고!"
주인이 아파서 걷지 못할 때,
운동화 속 발의 마음은 절망스러웠어요.

주인은 달리는 것을 좋아했어요.
그런데 갑자기 희귀병이 들어 앓기 시작했어요.
오랫동안 누워만 있다가 어느 날부터 조금씩 걷기 시작했고,
지금은 뛸 수 있을 정도로 건강해졌어요.
그때 운동화 속 발은 뛸 듯이 기뻐했어요.

일주일 후,
운동화 속 발은 공원 의자 밑에 있는 작은 돌멩이를
다시 만났어요.
운동화 속 발은 내키지 않았지만 인사를 건넸어요.
"안녕, 돌멩이. 오늘은 공원 중앙까지 왔네."

"내가 오고 싶어서 온 건 아니야.
 남자아이가 나를 발로 차서 여기에 있는 거야."
작은 돌멩이는 여전히 뾰로통해요.
하지만 오늘은 말은 해주네요.

"너는 네가 가고 싶은 곳을 어디든지 갈 수 있으니 좋겠다."
작은 돌멩이는 힘없이 말했어요.
"돌멩이 네가 가고 싶은 곳이 있는 거야?"
운동화 속의 발은 호기심 어린 눈으로 물어보았어요.
"응. 난 공원 숲길에 가보고 싶었어.
 호수는 매번 봐서 싫증 나거든."
작은 돌멩이는 시무룩한 표정으로 말했어요.
"내가 데려다줄까? 오늘은 내 주인이 숲길을 간다고 했어."
운동화 속의 발은 신이 나서 말했어요.

"갈 수만 있다면 너무 가보고 싶어.
 숲길에서 소나무 냄새를 맡으며 이끼 위를 구르고 싶어.
 숲길에 가본 친구들에게 들었거든."
그 뒤로도 작은 돌멩이는 운동화 속 발에게
꿈꾸듯이 숲길을 이야기했어요.

한참 동안을 말이에요.

나는, 용기를 주는 사람이다.
나는, 조력자다.
나는, 다른 사람이 할 수 있도록 돕는 사람이다.

거름의 꿈

김경숙

따뜻한 햇살이 텃밭을 포근하게 감싸주는 어느 날, 치마상추
와 거름이 만났어요.
"상추야, 안녕? 만나서 반가워."
거름은 반짝이는 드레스를 입은 치마상추에게 인사를 건넸어
요. 하지만 치마상추는 아무런 대답도 하지 않았어요.
'내 목소리가 작아 못 들은 걸까? 그냥 상추라고 불러서 기분
이 나빴던 걸까?'
"치마상추야, 안녕?"
거름은 다시 한 번 더 용기를 내어 조심스레 인사를 했어요.
치마상추는 거름을 빤히 쳐다보더니 옆에 있는 깻잎에게 고개
를 돌렸어요.

'치마상추는 내가 싫은 게 분명해. 나의 독특한 냄새 때문
 일까?'
거름은 무척 속상했어요.

'아니야. 지금은 상추가 말하고 싶지 않은 걸지도 몰라.
 내가 가지고 있는 좋은 영양분을 주면 분명 치마상추도 기뻐
 할 거야.
 그럼, 그렇고 말고. 기 죽지 말자. 하하하!'
거름은 치마상추가 가장 멋진 모습으로 식탁으로 올라가 사람
들의 건강을 위하는 그날을 꿈꾸며 힘을 내었어요.

거름은 조금씩 조금씩 자신을 희생하며 치마상추가 잘 자랄
수 있도록 도와주었어요.
치마상추는 하루가 다르게 예뻐지고 있었어요.
"이야! 치마상추야. 너는 정말 아름답구나."
"사람들이 너를 보며 얼마나 좋아할까?"
"맞아, 맞아. 이게 다 밤낮 가리지 않고 우리를 돌봐주는 거름
 덕분이야."
치마상추는 텃밭에서 함께 지내고 있는 친구들의 말을 경청했
어요.

그제야 치마상추는 그동안 자신에게 인사를 건네고 따스한 미소를 보내며 언제나 포근한 품을 준비하고 있던 거름의 수고와 진심이 생각났어요.
"거름아, 정말 고마워. 네 덕분에 이렇게 건강하고 예쁘게 자랄 수 있게 되었어.
 그동안 너를 무시했던 나를 용서해 주겠니?"

치마상추와 친구가 된 거름은 마음이 뿌듯했어요.
며칠 후 치마상추는 가장 푸르고 건강한 모습으로 식탁으로 올라가게 되었어요.
거름은 치마상추와의 헤어짐이 아쉬웠지만,
앞으로 계속 이루어가고 싶은 꿈을 위해 힘을 내었답니다.

나는, 사람들에게 행복과 유익을 주는 축복의 통로이다.
나는, 사람들에게 시원한 웃음을 선사하는 비타민이다.

함께 물어보자

김경화

햇빛이 쨍쨍 내리쬐는 어느 날, 새싹은 바람을 만났어요.
"바람아, 안녕?"
새싹은 바람에게 인사를 했어요.
하지만 바람은 새싹을 쳐다보지 않고
'쌩!' 하고 지나가 버렸어요.
'쟤 뭐야? 왜 나의 인사를 무시하지?
 내 목소리가 작아서 못 들은 건가?
 무안하기도 하고 기분이 좋지 않아.
 그래도 다음에 만나면 더 큰소리로 인사해야지.'
새싹은 여러 가지 생각과 감정이 들었지만,
바람에게 다시 인사를 건네고자 용기를 내었어요.

며칠이 지났어요.

바람이 새싹 앞으로 지나갔어요.

이에 놓칠세라 새싹은 큰소리로 바람을 불렀어요.

"바람아! 안녕!"

세상에! 그런데 이번에도 바람은

그냥 지나가는 게 아니겠어요.

'무슨 저런 애가 다 있담?

이제부터는 나도 바람을 무시해야겠어.'

새싹은 단단히 화가 났지요.

'아니야. 나는 바람과 친구가 되고 싶어 했잖아.

다시 한 번 더 노력해 보자.

무엇이든 삼 세 번이란 말도 있잖아.'

이 상황을 지켜보던 햇빛이 새싹에게 말을 건넸어요.

"새싹아! 안녕? 기분은 좀 어떠니?

바람이 인사도 하지 않고 그냥 지나가서 속상했지?"

"아, 햇빛이구나. 응, 맞아. 많이 속상했어."

"나 같아도 그랬을거야. 그리고 이런 생각도 해 보았단다.

바람이 너무나도 급한 일이 있었던 건 아닐까 하고 말이야.

다음에 바람을 만나면 함께 물어보자."

새싹은 자신의 마음을 공감해 주고
좋은 생각을 할 수 있도록 도와주는 햇빛이 참 고마웠어요.
자신도 언젠가는 바람에게 이러한 친구가 될 수 있을 것
같다는 희망도 가져 보았답니다.

나는, 관계를 소중히 여기는 사람이다.
나는, 현실을 직면하는 사람이다.
나는, 끝까지 문제를 해결하고자 하는 사람이다.

얼마든지

김명희

보자 보자, 그때가 언제였더라.

초등학교도 가기 전이었던 것 같다.

숨바꼭질하려고 친구들이 모두 모였다.

"꼭꼭 숨어라, 머리카락 보일라."

찾았다. 또 찾았다.

술래인 나는 이 동네 터줏대감이라 숨을만한 곳을 잘 알기에
친구들을 빠르게 찾아내었다. 마지막 한 친구는 이곳저곳 아
무리 둘러봐도 도대체 숨은 곳을 찾아낼 수 없었다. 어둠이
내리고 달빛이 드리워질 때까지도 나타나지 않아 모두 집으
로 돌아가 버렸다. 다음날 그 다음 날도 그 친구는 나타나지
않았다.

술래였던 나는 어른이 되었고 결혼도 하고 아기도 생겨 새로
운 가족과 행복한 삶을 살아가고 있었다. 문제가 생길 때도 있
었지만 그럴 때마다 꿋꿋하게 혼자 해결하고 또 일상을 이어
갔다.

그런 삶에 어느 날 위기가 왔다. 이번엔 도저히 혼자 해결할
수 없을 것 같아 친구들에게 도움을 요청했다. 다들 무슨 일이
냐고 무엇을 도와주면 되는지 물으며 마치 기다렸다는 듯 단
숨에 달려왔다. 너무 감동스러워 친구들의 이름을 부르며 한
명 한명 안아 주었다.

근육아, 고맙다.

혈액아, 고맙다.

피부야, 고맙다.

눈, 코, 입, 귀, 손톱, 발톱, 머리카락에게도 고마움을 표현했다.
우리는 둘러앉아 문제 해결에 집중하였다. 시간은 흘러가는데
아무리 머리를 맞대어도 좀처럼 해결점이 보이질 않았다. 답
답해하고 있던 찰나에 내 입에서 또 이런 말이 나와버렸다.

"이럴 땐 그 친구가 있었다면 바로 해결되었을텐데."

정적이 흘렀다. 왜냐하면 그 친구는 어릴 적 숨바꼭질 놀이에서 끝내 나타나지 않았던 아이였기 때문이다. 나는 친구들이 불편해할까 봐 얼른 괜찮다며 너스레를 떨었다.

그런데 이 분위기 뭐지? 오늘은 친구들이 나의 너스레를 받아 주지 않는다. 한 친구가 나에게 오더니 귓속말을 해 주었다.

"이제 그만하고 뒤를 돌아봐 제발."

그 순간 맞은편에 있던 거울 속에서 그 친구를 보았다. 나는 온몸이 굳었다. 그렇게 한참이 흘러서야 정신을 차리고 애써 몸을 뒤돌렸다.

"맞아? 네가 정말 맞아? 어떻게 된 거야?"

말이 더듬거려질 만큼 믿기질 않았다. 그 친구는 나를 꼭 안으며 이렇게 말해 주었다

"생각아, 나는 늘 너의 뒤에 있었어. 네가 날 돌아보지 않았을 뿐이야."

나는 그제서야 생각났다.

이 친구의 이름이 '마음'이었다는 것이….

이제 우리는 완전체가 되었다.
생각과 마음과 몸이 하나되어 앞으로 어떤 문제도 해결하지
못할 것이 없다.
문제야 와라.
얼마든지 대적해 줄게.

나는, 문제를 해결할 수 있는 사람이다.
나는, 마음을 잘 활용할 수 있는 사람이다.

바다처럼 빗방울처럼

김민주

똑똑.
빗소리가 들리는 파란 바다,
오늘은 바다와 빗방울이 만나는 날이에요.

"넓고 푸른 바다야. 안녕? 나 너랑 친구하고 싶어."
작은 빗방울이 손을 내밀었어요.
"뭐라고? 나랑 친구하고 싶다고?
 조그만 너는 나랑 친구로 지낼 수 없어."
바다는 빗방울을 무시했어요.
마음이 넓고 깊은 바다라고 알고 있었는데,
소문은 거짓이었나 봐요.

'바다는 겉모습만 보는구나.
 내가 어떤 존재인지도 모르면서…….'
"나도 너랑 친구 안 할래. 내 마음 알아주는 곳으로 갈 거야.
 내 손을 뿌리친 거, 후회하게 될 걸?"
눈물을 흘리던 빗방울은 바다에게 톡 쏘아 붙이며 떠났어요.

'내가 빗방울을 너무 무시했나?
 나는 왜 겉모습만 보고 판단하는 걸까?
 안 되겠어. 좀 더 신중하게 빗방울을 만나봐야지.
 나는 모든 것을 수용하고 안아주는,
 넓고 따뜻한 마음을 가진 바다로 태어났다는 사실을
 잊지 말자.'
바다는, 울면서 떠났던 빗방울과 친구가 되기로 마음먹었어요.

다음날, 바다가 빗방울을 찾아갔어요.
"빗방울아, 오늘은 여기서 만나네. 잘 잤어?"
"어제는 조그마한 나와 친구가 될 수 없다며 무시하더니
 여기까지 왜 왔어?"
빗방울의 말에 바다는 잠시 멈칫했어요.
"미안해. 네 말처럼 내가 너무 겉모습만 보고 판단했어.

오늘은 너랑 친구하고 싶어서 왔어.

내 사과를 받아 줄래?"

빗방울은 생각지도 못한 바다의 말에 당황했어요.

하지만 이내, 착하고 선한 마음을 선택하기로 했지요.

"그래, 좋아. 나는 네가 다시 올 거라 믿었어.

나의 꿈은 넓고 깊은 바다가 되는 거야.

그래서 내 마음을 들여다보고 있던 중이야.

다시금 넓고 깊은 마음을 가진 바다로 돌아와 주어 고마워."

빗방울은 환하게 웃으며 바다의 품에 안겼어요.

"빗방울아, 내가 더 고마워.

겉모습만 보고 판단하는 나를 깨닫게 해 줘서.

덕분에 나의 넓고 따뜻한 마음을 찾을 수 있게 되었단다."

빗방울과 바다는 세상에 따뜻한 사랑을 나누어 주기 위해
더 넓은 곳을 향해 여행을 시작했어요.

나는, 마음이 따뜻한 사람이다.

나는, 신중한 사람이다.

나는, 바다처럼 넓은 마음을 닮고 싶은 사람이다.

게임을 좋아하는 우리 주인님

김보승

새벽 1시,
모두가 잠든 조용한 방 안.
지금은 컴퓨터와 의자가 일하는 시간이에요.

"의자야, 고마워. 주인님이 편하게 나를 보게 해 줘서."
컴퓨터는 다정한 목소리로 의자에게 인사했어요.
"나는 네가 별로 안 좋아. 좀 쉬고 싶거든.
 늦은 시간까지 네가 일하니까 나도 쉴 수가 없잖아."
의자는 컴퓨터의 인사에 투덜댔어요.

'주인님이 매일 늦게까지 노는 것도 아닌데

그것도 이해 못 하나?
나도 힘들 때 있는데 자기 생각만 하네.'
컴퓨터는 자신의 마음을 몰라주는 의자에게 서운했어요.
그리고 주인님에게 일찍 자라고 잔소리하는 엄마와
의자가 닮았다는 생각이 들었어요.

'잘 시간이 늦어져서 의자가 힘들 수도 있겠네.
내가 너무 주인님 생각만 했나?
내가 주인님에게 즐거움을 선물하는 동안
의자는 얼마나 힘들었을까?
나는 배려심이 깊고 넓은 마음을 가졌으니까
의자한테 사과해야지.'

오전 8시,
나는 의자에게 진심을 다해 사과했어요.
"의자야, 미안해. 내 입장만 생각하고 네가 힘들 거라는
생각을 못 했어.
앞으로는 주인님과 의논해서 네가 쉴 시간을
더 많이 만들어 볼게."
컴퓨터의 사과에 의자가 대답했어요.

"고마워. 그리고 나도 미안해.
너도 나랑 같이 늦은 시간까지 주인님을 위해 애쓰고 있잖아.
우리 둘 단짝 친구가 돼서 주인님을 더 신나게 해 주자."

컴퓨터와 의자는 고등학교에 입학하는 주인님이 더 행복하고
즐거운 생활을 할 수 있도록 손을 잡았어요.
이런 마음을 주인님도 알았을까요?
오늘 밤은 주인님이 일찍 잠자리에 들어서
컴퓨터와 의자도 편안한 시간을 보냈어요.

나는, 배려심이 많은 사람이다.
나는, 친절한 사람이다.
나는, 자유로운 영혼을 가진 사람이다.

네모 도화지와 알록달록 색연필

김선영

하얀 벚꽃이 날리는 오늘이에요.
따스한 햇살이 비치는 미술실 창문 아래 탁자에서
네모 도화지와 알록달록 색연필이 만나는 날이에요.

"알록달록 색연필아, 안녕? 만나서 반가워."
네모 도화지는 알록달록 여러 가지 색깔로
예쁘게 옷을 입은 색연필에게
활짝 웃으며 인사했어요.
하지만 알록달록 색연필은 뾰로통한 표정으로
가만히 있었어요.
'색연필은 네모난 내 모습이 싫은 걸까?

한 가지 색만 입고 있는 내가 촌스러워 보이는 건지도 몰라.'
네모 도화지는 안절부절하며 불안해 졌어요.
갑자기 번개가 번쩍이는 것 같기도 했고,
캄캄한 어둠 속에 갇혀버린 것 같기도 했지요.

'아니야. 색연필에게 내가 모르는 안 좋은 일이
일어난 걸 수도 있어.
내 마음대로 상상하거나 나쁜 생각으로 멀어지지 말자.
나는 알록달록 색연필과 사이좋게 지내고 싶어.
그리고 힘을 합쳐 사람들에게 꿈과 행복을 주는 그림을 그려
멋진 도화지가 될 거야.'
네모 도화지는 알록달록 색연필과 함께
사랑이 담긴 그림을 그리고 싶다는 꿈이 있었거든요.
그래서 평온한 마음을 가지기 위해 노력했어요.

한 달 후, 미술실에서 네모 도화지와 알록달록 색연필은
다시 만나게 되었어요.
"알록달록 색연필아, 안녕? 우리 또 다시 만났네. 반가워."
색연필은 여전히 아무런 대답도 하지 않았어요.
네모 도화지는 색연필을 조금 더 기다려 주기로 했어요.

알록달록 색연필이 자신의 몸과 마음을 두드려 주는
그날을요.

네모 도화지는 최고의 명작들을 만나기 위해
미술관으로 발걸음을 옮겼어요.

나는, 큰 꿈이 있는 멋진 사람이다.

분홍색 꽃이불과 검정색 시계

김애자

어느 겨울 아침, 분홍색 꽃이불과 검정색 시계가 만났어요.
검정 시계가 분홍 꽃이불에게 다가가서 말했어요.
"꽃이불아, 너 참 예쁘게 생겼구나! 너랑 친구하고 싶은데
 허락해 주겠니?"
시계의 말에 꽃이불은 들은 척도 않고 다른 곳을
바라보았어요.
시계는 마음속으로 생각했어요.
'내 목소리가 너무 작아서 못 들었나?
 다시 한 번 말해 볼까?'
"예쁜 꽃이불아, 안녕! 나 너랑 친하게 지내고 싶은데
 나랑 친구하지 않을래?"

"나는 너처럼 어두운 검정색 시계랑 친구하고 싶지 않아."
시계는 꽃이불의 대답에 마음이 상하고 기분도 나빠졌어요.
시계는 꽃이불에게 통명한 목소리로 말했어요.
"흥! 나도 너랑 친구하고 싶은 생각이 싹 사라졌어.
 다시는 너랑 말 안 할 거야."

시계는 꽃이불 곁을 떠났어요.
꽃이불은 상처받은 시계의 마음을 위로해주지 않았어요.
그리고는 혼잣말로 중얼거렸지요.
"그래, 마음대로 하렴."
꽃이불은 다시 잠을 자기 시작했어요.

얼마나 잤을까요.
기지개를 켜면서 일어나보니 글쎄,
오전 시간이 다 지나고 오후 1시가 넘어버렸지 뭐에요?
꽃이불은 깜짝 놀라 헐레벌떡 일어나서
출근 준비를 시작했어요.
아침마다 친절하게 깨워주던 시계가 옆에 없으니
시간 가는 줄 모르고 한없이 잠을 자 버린 거예요.

꽃이불은 오전에 계획했던 일들을 하나도 못해서
너무 속상했어요.
그리고 곰곰이 생각했어요.
'그동안 시계가 아침마다 일어나라고 깨워준 덕분에
출근 시간을 지킬 수 있었는데 오늘은 이게 뭐람?'
꽃이불은 시계에게 미안한 생각이 들었어요.
그리고 검정색 시계에게 사과해야겠다고 마음먹었어요.

퇴근 후 꽃이불은 가방을 내려놓자마자
검정색 시계에게 달려갔어요.
"시계야, 오늘 아침에는 정말 미안했어.
검정색이라고 너를 무시했던 것 너무 미안해."
꽃이불의 진심어린 사과에 속상했던 시계의 마음이 풀렸어요.

꽃이불은 이제 시계와 다정한 친구로 지내게 되었지요.
꽃이불은 마음속으로 생각했어요.
'말을 하기 전에 상대방이 내 말을 들었을 때
어떤 기분이 들지 충분히 생각하고 말을 해야겠어.'라고요.
그리고 시계를 함부로 대했던 자신의 행동이
한없이 부끄러웠답니다.

나는, 상대방의 마음을 헤아려주려고 노력하는 사람이다.

나는, 반성하고 사과하기를 주저하지 않는 사람이다.

세모 네모 동그라미

김영숙

세모, 네모, 동그라미는 서로 비슷한 일을 하고 있었어요.
그렇지만 함께 모였던 적은 없었어요.

세모 : 네모야, 너 동그라미 알지?
네모 : 응, 알고 있어.
세모 : 동그라미 성격이 참 이상하지 않아?
네모 : 어?
세모 : 동그라미 성격이 너무 독특해서 이상하더라고.
　　　예전에 내가 많이 당황했었거든.
네모 : 어, 그랬었구나.

세모와 네모가 만나면 동그라미 이야기를 하기도 하고
네모와 동그라미가 만나면 세모 이야기를 하기도 하고
세모와 동그라미가 만나면 네모 이야기를 하기도 했겠지요.
세모와 네모, 동그라미는 이렇게 서로를 통해
가끔씩 이야기했어요.

그러던 어느 날,
저 멀리 바다가 보이는 커다란 창문이 있는 카페에서
세모, 네모, 동그라미가 만났어요.
세모, 네모, 동그라미는 커피와 빵을 먹으며
이야기를 나누었어요.
세모가 불쑥 말을 뱉었어요.

세모 :   동그라미야, 지난번 만났을 때 느꼈던 건데,
           난 네가 좀 엉뚱하다고 생각했어.
동그라미 : 어, 그래? 뭐가?
세모 :   사람들이 많은 곳에서 너 혼자 막 돌아다녔잖아.

세모가 동그라미에게서 느꼈던 감정을 말하는 순간
동그라미는 갑자기 불편한 기분이 느껴졌어요.

네모 또한 세모가 조금 무례하다는 생각이 들었어요.
처음으로 다같이 만나는 자리에서 예전에 있었던
자신의 생각을 동그라미에게 불쑥 말해서
동그라미가 당황하지 않을까, 마음이 쓰였어요.

동그라미 : 아, 내가 좋아하고 관심 있는 것들을 찾아다니느라
                그랬어.
                혼자 돌아다니는 게 좋기도 하고 말이야.
                이상하게 보였을 수도 있었겠네.
                난 그냥, 다른 사람의 시선을 신경 안 쓰고
                살아서 그래.
세모 :   아, 그렇구나. 솔직하고 편안하게 이야기해줘서
                고마워.
                나도 뜬금없는 이야기를 꺼낸 것 같아.
                다른 사람이 보면 나도 독특해 보일 수 있는데
                말이야.
동그라미 : 사람마다 생각이 다르니까 그럴 수도 있지.
                이렇게 이야기 하니까 마음을 알게 되고
                좋은 거 같아
네모 :   빵이 참 맛있다. 세모야, 동그라미야.

여기 빵 좀 더 먹어봐.

동그라미가 웃으며 말하자
네모는 불편했던 마음이 사라졌어요.

세모 : 　　그래 빵이 맛있다.
동그라미 : 응, 부드럽고 맛있어.

네모는 아무도 모르게 미소를 짓고 있었어요.
자신의 생각을 솔직하게 말하는 서로가
용기 있고 멋져 보였어요.

나는, 용기 있는 사람이다.
나는, 솔직한 사람이다.
나는, 상대방을 존중하는 사람이다.
나는, 대화를 좋아하는 사람이다.
나는, 사랑을 나누는 사람이다.

어쩌면

김이루

물이 졸졸졸 흐르는 강에서
산들산들 부는 바람과
스르르 흘러가고 있는 종이배가 만났어요.

바람은 종이배를 보고 호기심이 생겨
친하게 인사를 건네고 싶었어요.
하지만 종이배가 놀랄 것 같아 종이배와 조금 거리를 두고
인사했어요.
"종이배야, 안녕?"
그러나 종이배는 아무 대답도 없이 그저 강물이 흐르는 대로
흘러가고 있었어요.

"너는 어디로 가고 있니?"
바람은 다시금 종이배에게 말을 건네 보았어요.
종이배는 여전히 아무 말도 없이 그저 강물에 몸을 맡기며
흘러갔어요.

종이배가 대답을 하지 않자,
바람은 속상하기도 하면서 이런저런 생각이 들었어요.
'내가 뭔가 잘못했나?'
'혹시 기분이 안 좋은데 말을 걸어서 화난 걸까?'
'세게 밀치면 나한테 관심을 주려나?'

그러나 바람은 종이배에게 한 걸음 다가가며
생각을 다시 해 보았어요.
'나는 종이배의 이야기를 듣고 싶어.
 그러니 종이배가 대답할 때까지 열 번이고 백 번이고 계속
 말을 걸 거야.
 하지만 지금은 생각이 많아 보이니 나중에 다시
 말을 걸어야지.'

그날 저녁, 바람은 다시 한번 더 종이배에게 인사를 건넸어요.

"종이배야, 안녕?"

드디어 종이배는 바람을 바라보았어요.

종이배가 반응을 보이자 바람은 기뻤어요.

바람은 당장이라도 조잘대고 싶었지만,

종이배가 부담스러워할까 봐 조금씩 다가가기로 했어요.

바람은 종이배에게 한 발짝 다가가며,

어쩌면 종이배와 좋은 친구가 될 수도 있겠다는

기분 좋은 생각을 했어요.

나는, 좋은 친구가 필요한 사람이다.

나는, 화내는 것을 싫어하는 사람이다.

햇살 좋은 아침에도

백송하

따스한 바람이 볼을 간지럽히는 날이었어요.
"안녕, 발아! 오랜만이야. 너무 반가워. 드디어 오늘
 나가는 거야?"
신발은 오랜만에 만난 발 친구를 보고 춤을 추며 물었어요.
하지만 발은 발가락을 꼬물거리며 아무런 대답도
하지 않았어요.
'발은 아직도 밖으로 나가기 무서운 걸까? 예전처럼 같이
 뛰어놀고 싶은데….'
신발은 발이 걱정되었어요.

어느새 따스한 바람이 차가운 기운을 내뿜는 계절이

다가왔어요.

"저기, 신발아. 너와 함께라면 한 번 용기내어 볼게."

우와! 드디어 발이 신발을 불렀어요.

신발은 현관까지 용기 내어 나온 발을 위해 신발 끈을
다시 질끈 묶었어요.

'매일 걱정만 하고 나오질 않아 기회가 없었는데
오늘이 기회일지도 몰라!
이번엔 넘어져도 괜찮아,
아프지 않게 넘어지는 법을 알려주겠어!'

신발은 발을 토닥토닥 안아주었어요.

"신발아. 난 틀렸어. 못하겠어."

발은 다시 방 안으로 들어가 버렸어요.

신발은 그 자리에서 발을 기다려 주기로 했어요.

잠시 후 발이 뛰어왔어요.

"신발아, 내가 정말 다시 나갈 수 있을까?"

신발은 환하게 웃으며 말했어요.

"응. 당연하지! 나는 언제나 너를 응원해. 할 수 있어!
이번엔 네가 넘어져도 아프지 않게 옆에서 지켜줄게.
같이 나가보자!"

신발은 발을 안고 드디어 나갔어요.

비록 지금은 어두운 밤이지만 언젠간 햇살 좋은 아침에도
함께 뛰어나가는 모습을 신발은 상상했어요.

나는, 도움주는 것을 기뻐하는 사람이다.
나는, 기다려줄 줄 아는 사람이다.
나는, 용기가 필요한 사람이다.

아기별과 달님

서옥남

붉은 노을이 지는 서쪽 겨울 바다 위,
윤슬이 반짝거려요.

지는 해를 바라보는 달님의 눈동자에 눈물이 맺혔어요.
하지만 달님은 마냥 슬퍼하고만 있을 수가 없었어요.
이제 걸음마를 하고 있는 아기별을 챙겨야 하거든요.

달님은 해님과의 이별을 뒤로 하고 희미하게 빛을 내고
있는 아기별을 불렀어요.
"안녕, 아기별아. 해님이 지고 있어. 이리 가까이 오렴."
달님에게서 멀찌감치 떨어져 있던 아기별은

달님이 부르는 소리를 듣지 못했어요.
달님은 포근하지만 걱정스런 목소리로
아기별을 다시 불렀어요.
"아기별아, 안녕? 이리 가까이 오렴.
 이제 곧 어둠이 짙어진단다."
아기별은 달님의 인사에도 시큰둥하게 반응하며
짙게 물드는 노을을 보며 감탄하고 있어요.

"와! 정말 아름다워. 어쩜 저렇게 예쁘게 바다 물결이
 반짝일 수 있을까?
 나도 저렇게 반짝이고 싶은데, 내 빛은 너무 작고 초라해."
아기별은 힘없이 작은 빛을 내는 자신의 모습이 볼품없다고
생각했어요.
달님은 조금 더 큰 목소리로 아기별을 불렀지요.

"아기별아, 작고 사랑스러운 아기별아.
 어둠이 좀 더 깊어지게 전에 내 곁으로 오렴."
그제서야 아기별은 달님이 자신을 부르는 소리에 대답했어요.
"네. 안녕하세요.
 그런데 저는 달님 가까이 갈 수가 없어요.

이렇고 조그많고 약한 빛을 내는데 커다랗고 밝은 빛을 내는
달님 곁에 가까이 갈 수가 없어요."

아기별은 깊어지는 밤이 오기 전에 서서히 빛을 끄고
숨어버리려고 했어요.
그리고 보잘 것 없는 자신의 모습을 보았어요.
혼자서는 밝은 빛을 내지 못해 춥고 외로웠죠.
아기별은 무섭고 슬펐어요.

아기별은 해님이 있을 때는 좋았어요.
자신이 세상에 빛을 밝히기 위해 굳이 얼굴을 내밀지 않아도
되었거든요.

그런데 이제 아기별은 달님과 함께 차가운 겨울바람에도
해님을 만나지 못하고
꿋꿋하게 빛을 비추고 있어야 했어요.
점점 깜깜해지는 어둠이 싫었어요.
열심히 빛을 비추어야 된다고 생각하니 아기별은 해님과의
이별이 더 큰 슬픔으로 다가왔어요.

그때 따사로운 빛이 아기별을 포근히 감싸주었어요.
조금 전에 인사를 나눴던 달님이었어요.
"아기별아, 너무 무서워 하지 마. 내가 옆에서 있어 줄게.
 나와 함께 빛을 비추면 힘들고 외롭지 않게 어둠을
 이겨낼 수 있단다."

놀라운 일이 벌어졌어요.
아기별은 순식간에 두려움이 사라져 버렸어요.
달님은 자신의 품에 있는 아기별을 보고 말했어요.
"끝까지 내 곁에 머무르면서 조금만 기다려보렴.
 놀라운 일들을 보게 될거야."

두 눈을 깜빡이는 아기별을 보며 달님은 계속 말했어요.
"혼자서 산과 들과 강과 바다와 마을과 도시를 비추러
 다니지 않아도 된단다.
 곧 있으면 너와 같은 많은 별들을 찾을 거야.
 그리고 나와 함께 어둔 밤을, 반짝이는 빛으로 세상을
 밝힐 거란다."

밤하늘이 깊어지는가 싶더니 점점 밝아졌어요.

반짝반짝 여기저기서 무수히 많은 빛이 나기 시작했어요.
달님이 말한 별들이었지요.

이제 아기별에게 꿈이 생겼어요.
달님과 함께 세상을 밝히는 반짝이는 별빛이 되겠다고,
그리고 해님이 다시 떠오르기까지
달님과 늘 함께 하겠다고 말이에요.
그래서 해님과 달님이 만나는 새벽에 더욱 환한 빛을
내겠다고요.

나는, 용기 있는 사람이다.

보름달이 되어

신시옥

어두운 밤하늘, 초승이와 별이가 오랜만에 만나는 날이에요.

"별이야, 안녕! 보고 싶었어."
초승이는 별이에게 반갑게 인사를 했어요.
하지만 별이는 시큰둥한 표정으로 초승이를 쳐다보기만 하고
말이 없었어요.
반짝반짝 빛나던 별빛도 희미해진 것 같았어요.

초승이는 속상하고 슬펐어요.
'별이가 마음이 변했나?
크고 둥근 보름달이던 내 모습이 지금은 작고 초라해져서

그럴까?

아니면 내가 싫어진 걸까?'

갑자기 서먹해진 친구 별이의 얼굴이 떠올라

초승이의 가슴에서 쿵쿵! 소리가 나는 듯했어요.

'아니야! 별이에게 말 못 할 사정이 생겨서 그럴지도 몰라.

내 마음대로 판단해서 관계에 금을 긋지 말자!'

초승이는 다시 용기를 내기로 했어요.

애써 미소를 지으며 별이의 손을 잡고 말했어요.

"별이야, 무슨 일이 있었던 거야?"

"별일 아니야."

초승이는 속내를 감추는 별이가 답답했지만

기다려 주기로 했어요.

머지않아 다정했던 예전의 모습으로 돌아올 것을 믿으니까요.

초승이는 보름달이 되어 어두운 세상을 환하게 비추기 위해

오늘도 쉬지 않고 빛을 주는 해님께 기도하며

성장하고 있는 중이랍니다.

나는, 공감을 잘하는 사람이다.

나는, 사랑을 표현하는 사람이다.

꽃과 꽃가위

유명순

꽃향기가 그득한 어느 날,
꽃과 꽃가위가 만났어요.

"아파! 아파요."
"싫어! 싫어요."
"무섭단 말이에요!"
꽃은 꽃가위를 향해 겁에 질린 표정으로 소리쳤어요.
"어머, 그랬구나. 얼마나 아팠니?"
나는 꽃을 가슴에 꼭 안아주었어요.

꽃은 엄마의 공간에서 가위로 잘려나가며 무섭고 두려웠어요.

엄마 곁을 떠날 수밖에 없던 꽃은 엉엉 울었어요.
"오, 이쁜 우리 꽃. 너는 이제 다 성장한 숙녀란다."
엄마는 떠나는 꽃에게 부드러운 목소리로 격려해 주었어요.

꽃은 오랜 시간동안 마차를 타고 친구들과 함께
여행을 떠나는 꿈을 꾸었어요.
나는 부드러운 목소리로 꽃을 깨웠어요.

"오, 주님!
 예쁜 꽃을 보내주셔서 고맙습니다.
 이 아이들을 멋진 작품으로 만들 수 있도록 지혜를 주옵소서.
 예수님의 이름으로 기도합니다. 아멘."

꽃은 두려워했던 마음이 떠나가고 평온함이 밀려왔어요.
그리고 꽃가위와 눈을 마주치며 방긋 웃어 보았어요.
"우리를 멋지게 만져 준다고?"
"그래, 맞아."
"우와! 기대된다."
꽃과 꽃가위는 손뼉을 치며 좋아했어요.

"이쪽으로 조금 더, 저쪽으로 조금씩 더. 좋아.
 예쁜 꽃꽂이가 완성되었어.
 힘든 과정을 잘 견뎌내 주니 고맙다."
꽃과 꽃가위는 나를 바라보았어요.
나는 준비된 물에 꽃을 꽂아주었어요.
"우와! 시원하다. 목이 말라 힘들었는데 신선함을
 느끼게 되었어요."
꽃은 신이 나서 말했어요. 나는 웃으며 답했지요.
"와, 예쁘다. 너희들은 어쩜 이렇게 예쁘니?"
"우와! 사진으로 저를 기억해 주시기까지 하네요.
 감사합니다."

꽃과 꽃가위 덕분에 행복한 오늘이에요.

나는, 꽃을 좋아하는 사람이다.
나는, 꽃꽂이와 글쓰기로 예수님의 향기를 전하는 사람이다.

괜찮아 지금의 내 모습

이소명

상큼한 새벽 하늘 아래,
파도와 바위가 만났어요.
갑자기 파도가 바위를 덮쳤어요.
바위가 힘겹게 말했어요.
"내 몸이 무너질 거 같아…."

하지만 파도는 더욱 거세게 몰아쳤어요.
바위는 점점 더 깎이고 부서졌어요.
"파도 때문에 내가 점점 더 못생겨지고 있어.
 예전의 내가 아닌 것 같아."
바위는 속상하기도 하고 화가 나기도 했어요.

'이런 생각으로는 아무 것도 할 수 없어.
몰아치는 파도를 내가 어찌할 수 없잖아.
하지만 어떤 파도도 나를 무너뜨릴 수 없어!'
바위는 굳센 다짐을 했어요.
하지만 끊임없이 밀려오는 파도 때문에
쓰리고, 아프고, 고통스러웠지요.
바위는 더 부서졌어요.

어느덧, 파도가 잠잠해졌어요.
이제 더 이상 늠름했던 바위의 예전 모습을
찾아볼 수 없었지요.
그렇지만 바위는 그 어느 때보다 힘찬 목소리로 말했어요.
"괜찮아. 파도를 극복해낸 지금의 내 모습이 멋지고
자랑스러워."

나는, 두려움을 극복한 사람이다.

나의 친구들

이순자

찬바람이 조금 불어오는 월요일 오후,
오늘은 꿈나무 어린이집 친구들이 바깥놀이를
하는 날이랍니다.
"사랑아, 안녕?"
미끄럼틀은 시소의 또 다른 이름을 부르며 인사했어요.
하지만 사랑이는 아무런 대답도 없이 무표정한 얼굴로
미끄럼틀을 쳐다보았어요.

'사랑이는 나를 별 볼 일 없는 미끄럼틀이라고 여기고
있는 건지도 몰라.
사랑이는 날렵하게 이리저리 움직일 수도 있고

멋진 색의 옷을 입고 있지만, 나는 쇳덩이 같잖아.'
미끄럼틀은 금세 우울해졌어요.

넓은 하늘은 하루도 빠짐없이 미끄럼틀에게 인사를 건넸어요.
바람은 눈에 보이지 않았지만 미끄럼틀에 묻어 있는
먼지를 청소해 주었지요.
햇살은 밤 사이 차가워진 미끄럼틀의 몸을 따스히 만들어
주기도 했어요.
미끄럼틀은 큰 깨달음을 얻었어요.
시소도 친구지만 하늘, 바람, 햇살도 자신의 친구들이라는
것을 말이에요.

'사랑이는 좋지 않은 일을 겪었는지도 몰라.
 꿈나무 친구들과 많이 놀아주느라 어지러웠던 건 아닐까?
 많이 지쳐 보이긴 했어.'
미끄럼틀은 하늘, 바람, 햇살 친구들이 자신을 늘 품어주었던
것처럼 사랑이를 기다려주기로 했지요.

일주일이 지났어요.
꿈나무 친구들이 제일 좋아하는 바깥놀이 시간이 돌아왔어요.

"사랑아, 안녕? 매일 너에게 인사를 건네고 싶었지만
 용기가 나지 않았어.
 오늘 꿈나무 친구들을 보니 다시금 용기가 생겼어.
 나의 인사를 받아주겠니?"
하지만 사랑이는 오늘도 아무런 대답을 하지 않았어요.
미끄럼틀은 답답하고 힘들었지만, 사랑이가 다가올 때까지
또 기다려 주기로 했지요.

며칠이 지난 어느 날,
드디어 사랑이가 웃으며 미끄럼틀에게 말했어요.
"미끄럼틀아, 안녕? 그동안 속상한 일도 있었고,
 두통이 너무 심했어.
 어느 누구와도 말을 하고 싶지 않은 나날들을 보냈단다.
 정말 미안해."
"아, 그랬구나. 몸과 마음이 많이 힘들었겠구나.
 지금은 괜찮니?"
사랑이는 천천히 고개를 끄덕였어요.

미끄럼틀과 사랑이는 밤새 이야기를 나누었어요.
내일 만날 꿈나무 친구들을 기다리면서 말이에요.

어느새 하늘, 바람, 햇살 친구들이 미끄럼틀과 사랑이 곁에
머물러 있었어요.

나는, 친구를 기다려주는 사람이다.
나는, 긍정적이고 열정적인 사람이다.
나는, 공감을 잘하는 사람이다.
나는, 다정한 사람이다.

따뜻한 물에 녹으며

이정숙

매일 새벽 바이크 위를 달리는 그녀는 아름다웠어요.
'프리'와 '포스트'가 만나는 시간이기도 했지요.
"안녕, 만나서 반가워. 잘 잤니?"
프리는 포스트에게 새벽의 힘찬 기운을 담아 인사했어요.
하지만 포스트는 들은 척도 않고 무표정으로 앉아 있었어요.
'왜 대꾸도 하지 않지? 나를 무시하는 건가?'
프리는 무척 슬펐어요.
갑자기 30년 전에 돌아가신 아버지가 생각났어요.
6.25 참전 후유증으로 잘 듣지 못하시고 평생 사셨던 아버지!

'맞아. 포스트는 과거의 아픔이 있을지도 몰라.

미리 짐작하여 하고자 하는 일을 안 하게 되는
핑계를 버리자.
프리는 포스트와 힘을 합쳐 산타 할매의 짱짱한 노후를
돕고 싶으니까.
누구를 돕는다는 것은 의미있고 훌륭한 일이야.'
덩치 작은 프리는 하늘만큼이나 큰 마음을 가졌어요.

매일 같은 시간 같은 장소에서 프리와 포스트는
만나게 되었어요.
"포스트야, 안녕? 오늘도 만나서 반가워. 잘 잤어?"
프리의 인사에 포스트는 여전히 멀뚱하게 있었지요.
프리는 앞으로도 묵묵히 인사하기로 했어요.
포스트가 미소 지으며 악수하는 그날까지요.

프리는 돕는 존재로 살아가는 자신이 무척 자랑스러웠어요.
산타 할매가 짱짱한 몸으로 한강변을 달리는 날을 상상하며,
따뜻한 물에 녹으며 포스트에게 인사하였답나다.

"내일 또 만나."

나는, 몸과 마음이 건강한 사람이다.

나는, 건강한 몸으로 건강을 전하는 건강 전도사다.

나는, 기다려줄 줄 아는 사람이다.

꽃님아 안녕

전근이솜

살랑살랑 봄바람 부는 아침,
때깔 고운 꽃님이랑 화병님이 만나는 시간이에요.

"화병님, 안녕하세요?"
꽃님은 화병님 곁으로 다가가 다정하게 인사를 건넸어요.
하지만 화병님은 눈길도 주지 않은 채 인사를 받지 않았어요.
몸을 돌려 앉으며 꽃님을 외면했어요.
'화병님은 나를 왜 좋아하지 않는 걸까?
내가 연약해 보여서 싫은 걸까?'
꽃님은 여러 가지 생각으로 많이 슬프고 속상했어요.
갑자기 꽃님은, 병원에서 홀로 지냈던 시간이 떠올라

두려움에 눈물이 났어요.

'아니야. 오늘 화병님 낯빛이 좋아 보이지 않았어.
몸이 좋지 않을 수도 있어.
내 맘대로 생각해서 속상해하기보다
화병님이 마음을 이야기해줄 때까지 기다려 보자.
나는 화병님과 함께 누군가에게 위로를 줄 수 있는
예쁜 선물이 되고 싶으니까.'

거리마다 노란 은행잎이 뒹구는 어느 가을날,
꽃님은 화병님을 다시 만났어요.
"꽃님아, 안녕?"
꽃님을 향해 화병님이 반가운 얼굴로 뛰어왔어요.
꽃님도 활짝 웃으며 화병님에게 인사를 건넸지요.
"잘 지냈어요?"
"응. 그동안 많이 아팠는데 이젠 좋아졌어.
예전엔…. 미안했어."

꽃님은 기다려주는 방법을 선택하길 참 잘했다는
생각이 들었어요.

화병님이 왜 그럴까 고민하고 속상해하기보다

공감해 주고
스스로 생각하며 선택할 시간을 갖게 해주는,
배려가 필요하다는 것을 알게 되었어요.
꿈을 이루기 위해서 꼭 거쳐야 하는 과정이었다는 것도요.

그 후로 오랫동안,
꽃님은 고운 모습으로 화병님과 함께 누군가의
큰 선물이 되었어요.

나는, 꽃을 좋아하는 사람이다.
나는, 친구를 좋아하는 사람이다.
나는, 공감을 잘하고 싶어 하는 사람이다.
나는, 배려를 잘하고 싶어 하는 사람이다.

머잖아

전숙향

바위 옆 응달진 곳,

고깔모자를 쓴 작은 풀씨가 살고 있었어요.

손을 내밀면 금방이라도 얼어버릴 것만 같은

추운 날씨였지요.

작은 풀씨는 따뜻한 곳으로 가고 싶었지만,

혼자서는 꼼짝할 수 없었어요.

그래서 햇살을 향해 손짓하며 큰 소리로 불러 보았어요.

"반짝이는 햇살아! 나에게 좀 더 가까이 와줄 수 있겠니?"

하지만 햇살은 풀씨의 말을 듣는 둥 마는 둥,

아무런 대답이 없었어요.

그리고 훌쩍 산을 넘어가 버렸어요.

외톨이가 된 풀씨는 고깔 속으로 잔뜩 웅크린 채
생각에 잠겼어요.
'난 왜 혼자일까?'
'언제부터 여기 있었던 거지?'
캄캄하고 추운 곳에서
두려움과 초조함이 밀려왔지만,
참고 기다려 보기로 했어요.

얼마나 시간이 지났을까요?
저만치서 다가오는 따스한 바람을 보았어요.
마치 햇살이 걸어오는 것 같았어요.
풀씨는 다급히 바람을 불렀어요.
"바람아, 바람아!"
바람은 빙그르르 돌더니 풀씨 곁으로 다가왔어요.
"아, 너였구나!"
바람은 고깔을 쓰고 있던 작은 풀씨를 몰라보고
지나칠 뻔했어요.
풀씨는 바람에게 부탁했어요.
"바람아, 네가 나를 따뜻한 곳으로 데려다줄 수 있겠니?"

그때 바람은 알아챘어요.
풀씨를 여기에 데려다 놓은 것이 바로 자신이었다는
사실을요.
풀씨는 지난 일을 기억하지 못하는 듯했어요.
"너 혼자 여기 있었구나."
바람은 애써 미안함을 감추고 풀씨를 도와주기로 다짐했어요.

"풀씨야, 내 등에 올라타렴."
온기를 가득 품은 바람은 풀씨를 태우더니
이내 하늘로 떠올랐어요.
그리고 가장 안전하고 양지바른 산기슭에
살포시 내려놓았지요.
"풀씨야, 이제 안심하렴."
"고마워, 바람아!"
풀씨는 바람이 정말 고마웠어요.
풀씨가 좋아하는 모습을 보니, 바람은 미안한 마음이
이내 사라졌어요.

풀씨는 포기하지 않은 자신을 자랑스럽게 여겼어요.
머잖아 작은 고깔도 벗어버리고

예쁜 초록 얼굴이 나타날 거예요.
반짝이는 햇살과 가장 친한 친구가 된다는 생각에
입가엔 절로 미소가 지어졌지요.

나는, 관계를 소중히 여기는 사람이다.
나는, 도전하기를 좋아하는 사람이다.
나는, 아픔을 감싸주고 긍휼히 여기는 사람이다.

희망의 조각

정명희

파란 하늘에 뭉게구름이 둥둥 떠 있는 맑은 오후,
작은 숲속에 있는 오두막을 찾았어요.
나는 이곳에서 잃어버린 '희망의 조각'을 찾기로 했지요.
가죽 가방과 낡은 지도,
그리고 길에서 주운 반짝이는 솔방울을 품에 안고,
오두막 앞에 서 있었습니다.
희망을 찾아 떠나는 여정의 시작.
그러나 이 길은 결코 쉽지 않을 것이라는 예감이 들었어요.

그때 어디선가 까마귀가 날아와 나를 쳐다보며 말했어요.
"너, 여기서 뭐 해?"

"응! 나 여기 희망을 찾으러 왔어."
"뭐라고? 희망을 찾는다고? 하하하, 웃기네!"
까마귀의 날카로운 목소리는 내 의지를 조롱하고 있었어요.
까마귀의 말에 마음이 흔들리려던 찰나,
다람쥐가 조심스럽게 나에게 다가왔어요.
"그런 말 하지 마. 희망을 찾으려는 사람을 비웃지 말라고!"
다람쥐는 나를 도우려 했지만,
까마귀는 그런 다람쥐가 못마땅한 듯 비웃음을
멈추지 않았어요.
결국 둘은 말다툼을 시작했고,
그 소란에 휘말려 나는 가방에서 떨어진 지도를 붙잡으려다
지도가 찢어져 버렸어요.

찢어진 지도 조각을 손에 들고 멍하니 서 있던 나는,
두려움과 분노가 밀려왔어요.
"내가 소중히 여기는 걸 이렇게 엉망으로 만들다니!"
나는 소리쳤지만,
까마귀와 다람쥐는 각자의 말만 하다가
내 이야기를 듣지도 않고 떠나버렸어요.
홀로 남겨진 나는 찢어진 지도와 솔방울을 품에 안고

오두막으로 들어가 한참을 앉아 있었어요.
억울하고 속상한 마음에 눈물이 났지요.

그 순간,
까마귀와 다람쥐의 모습에서 내 과거의 상처가 겹쳐 보였어요.
내가 잘못하지 않았는데도 남의 실수를 떠안아야 했던 기억.
아무도 내 마음을 알아주지 않았던 나날들.
그렇게 억울한 감정과 눈물을 삼키던 날들이 떠올랐어요.

'다시 희망을 찾아야 할까?'
잠시 망설였지만, 내 안에서 작은 목소리가 들려왔어요.
"이 지도는 찢어졌지만, 여전히 네가 가야 하는
 길을 알려줄 거야.
 그리고 희망은 누군가의 인정이 아니라,
 내 안에서 찾아야 해."
그제야 나는 깨달았어요.
상처와 억울함 속에서도 내 길을 믿어야 한다는 것을요.

찢어진 지도와 반짝이는 솔방울을 들고,
나는 험난한 봉우리를 오르기로 결심했습니다.

눈앞에는 가파른 절벽이 서 있었지만,
솔방울을 발밑에 두고 다짐했어요.
"이 솔방울은 내 길을 밝히는 등불이 될 거야."
비바람이 몰아치며 나를 흔들었지만,
나는 한 걸음씩 발을 내디뎠어요.
오르내리는 숨결 속에서 다시 결심했지요.

"희망은 내 안에 있다. 멈추지 않고 앞으로 나아가면
 반드시 찾을 수 있을 거야."

드디어 봉우리 꼭대기에 닿았을 때,
나는 깨달았어요.
희망의 조각은 눈에 보이는 것이 아니라,
길을 걸으며 발견하는 나 자신의 용기와 믿음이었다는
것을 말이에요.

까마귀와 다람쥐는 봉우리 아래에서 나를 기다리고 있었어요.
그들은 어색하게 나를 마주하며 말했어요.
"우리가 네 길을 방해해서 미안해."
나는 그들의 진심 어린 사과를 받아들이고, 이렇게 답했어요.

"괜찮아. 너희 덕분에 나는 내 희망이 무엇인지
다시 깨달을 수 있었어."

그렇게 우리는 함께 길을 내려갔어요.
길을 걸으며 나는 스스로에게 물었어요.
'나는 어디로 가고 있을까?
내가 꿈꾸는 세상은 어떤 모습일까?'
기다림과 선택, 성찰과 질문 속에서
나는 다시 한 번 나만의 비전을 떠올렸어요.
이제는 쉬어가며,
더 큰 희망과 꿈을 꾸기로 했지요.

'내 인생은 내가 만드는 동화와 같다.
그리고 그 끝은 내가 꿈꾸는 세상이 될 것이다.'

나는, 희망을 찾는 사람이다.
나는, 용기 있는 사람이다.
나는, 어려움 속에서도 다시 일어서는 사람이다.

몽글몽글한 따뜻함

최수미

따스한 햇살이 내려앉은 한가로운 어느 날.
할아버지와 아이는 나란히 벤치에 앉아 있었어요.
아이는 호기심 가득한 얼굴로 할아버지에게 인사를 건넸어요.
"할아버지, 여기서 뭐 하세요?"
할아버지는 아이의 말이 들리지 않는다는 듯 눈을 감고 있었어요. 대답이 없자 아이는 입을 뾰로통하게 내밀며 할아버지의 얼굴을 살피더니 손가락으로 할아버지 옆구리를 꾹꾹 찔러보았어요. 혹시 잠을 자고 있는 게 아닌가 확인해 보았어요.
그제야 할아버지는 감았던 눈을 살포시 뜨더니,
"음…, 나만의 시간을 방해하는 게 누구지?"
아이는 다시 호기심 어린 표정으로 할아버지를 올려다보았

어요.

"아! 깨어났다!"

아이는 왠지 모르게 안심이 되었어요.

"응! 넌 누구냐?"

"저는 벤이에요."

"음…, 그래! 그런데 왜 나만의 시간을 방해하는 거지?"

"지나가다 눈을 감고 있는 할아버지 표정이 슬퍼 보였어요. 걱정이 돼서….''

"그랬구나. 인생을 되돌아보고 있었단다.''

"인생? 인생이 뭐예요?"

할아버지는 벤의 질문에 대답을 하지 않고 허공을 향해 시선을 던지고 한참을 바라봤어요.

"할아버지가 말하는 인생이 뭐예요?"

"허허허…! 꼬마가 별거 다 묻는구나."

그리고 말을 이었어요.

"인생은 따뜻함이지!"

"따뜻함?"

"오늘처럼 따사로운 햇살이 나를 비추는 것처럼 따뜻함을 채우는 여정이란다."

"그러면 인생은 좋은 거네요! 그런데 왜 할아버지 표정은 슬퍼요?"

한동안 말이 없던 할아버지는 입을 떼며,

"그 따뜻함을 채우기까지의 여정은 그리 녹록지만은 않단다.
많은 시행착오가 필요하지."

벤은 여전히 알 수 없다는 표정으로 고개를 갸우뚱하고 할아
버지를 올려다보고 있었어요. 그런 벤이 기특했는지 할아버지
는 말을 이어갔어요.

"인생을 살다 보면 꼭 따뜻함만 있는 게 아니란다. 그 따뜻함
은 우리에게 많은 형태로 다가온단다. 때론 고통의 형태로,
때론 슬픔, 때론 불안, 걱정, 막연함 등으로 온단다. 휴…."

할아버지는 깊은 한숨을 내쉬었어요.

"에이! 그럼 인생은 따뜻한 게 아니잖아요. 할아버지가 말하는
인생은 힘든 거 아니에요?"

할아버지는 보일 듯 말 듯 미소를 지으며,

"그렇지…. 하지만 그 일련의 과정들을 받아들이면서 하루하
루를 살다 보면 그것들은 꽃을 피우게 된단다."

"꽃이요? 무슨 꽃이요?"

아이는 눈을 반짝이며 물었어요.

"따뜻함의 꽃이지. 결국에는 그 모든 것들이 경험이라는 소중
함으로 남겨진단다. 그리고 그 소중한 경험으로 사람들과 함

께하며 사는 거야. 이것이 인생을 따뜻하게 만드는 거란다.”

“누구나 가능할까요?”

“사람마다 정도의 차이는 있지만 쉽지만은 않지.”

“많이 어려울까요?”

벤은 약간 실망한 표정을 지었어요.

“그래서 생각이 중요하단다. 내가 진정으로 원하는 것을 찾아
야 해.”

“내가 진정으로 원하는 거.”

“맞아! 내가 진정 원하는 거!”

“할아버지는 뭘 원했어요?”

“따뜻함이지. 사람과 사람 사이에 이어지는 것은 따뜻함이라
는 것을 알게 됐어. 그래서 내가 살아가는 매 순간마다 따뜻
함을 함께하고 나누며 살고 싶다는 소망을 갖게 되었단다.”

“그럼 할아버지는 할아버지가 원하는 것을 찾으셨네요. 우와!
할아버지, 따뜻함이란 거 좋아요.”

아이는 손뼉을 치며 좋아했어요.

나는 따스한 온기를 함께하며 나누는 사람과 함께한다!

나는 나의 빛을 있는 그대로 표현하며 산다!

몸과 거울

최은주

'따스한 햇살이 맞나?'
계절의 흐름을 알 수 없을 정도로 지쳐 있는 몸에게
정중히 인사를 건네는 친구가 있었어요.
"오랜만이야."
암세포가 발견되고 난 후 오랜만에 만나게 되는
거울이었지요.
하지만 몸은 대꾸할 힘이 없었어요.
아니, 대꾸하기 싫었어요.

하루가 지나고 이틀이 지나고
달력 한 장을 넘기게 될 때까지 거울은

때로는 미소로,
때로는 "안녕!" 짧은 인사로 몸을 반겨 주었어요.

어느 날,
거울은 자신의 눈을 의심했어요.
"안녕!" 인사말에 몸이 고개를 조금 끄덕여 주었거든요.
그제서야 거울은 마음 속으로 수백 번 연습했던
'웃음 6단계'를 몸에게 소개했어요.

1단계. 단전에 집중한다.
2단계. 배짱을 갖는다.
3단계. 심장 위에서 박수를 친다.
4단계. 긍정의 고개를 끄덕인다.
5단계. 입을 크게 벌리고, 길게 크게 온몸으로 웃는다.
6단계. 15초동안 박장대소하며 웃는다. 시작!
　　　하하하하하하하 하하하하하하 하하하하하하
　　　이 웃음을 옆사람과 나눈다.

몸은 어색했지만 자신도 모르게 미소를 짓고 있었어요.
그리고 감사의 감정도 선물받았어요.

내일 또 거울과 놀고 싶다는 생각을
처음으로 하게 된 날이었답니다.

나는, 웃음을 사랑하는 사람이다.
나는, 어려움을 이겨내는 사람이다.

검은 콩의 마음

황다정

검은 콩 가족들이 여행을 가는 날이에요.
반짝반짝 햇님이 손을 흔들며 인사해요.
"안녕, 검은 콩아? 여행 가는구나?"

'흥!'
검은 콩은 햇님의 인사를 무시하며 휙 고개를 돌렸어요.

아기 손을 닮은 초록 단풍이 검은 콩에게 손을 흔들며
인사를 건넸어요.
"귀여운 검은 콩아, 안녕? 나는 초록 단풍이야."

'흥!'

검은 콩은 입을 삐죽 내밀었어요.

사실 검은 콩은 속상한 일이 있었어요.

아침에 우유를 마시지 않아서 엄마한테 혼이 났거든요.

검은 콩은 형아 검은 콩처럼 튼튼이가 되고 싶었어요.

하지만 우유가 너무 맛이 없었답니다.

'그래도 튼튼이가 되려면 우유를 잘 먹어야겠지?

안 먹으면 엄마, 아빠가 싫어하실 거야.'

검은 콩은 생각했어요.

어느 새 승승 자동차가 여행지에 도착했어요.

검은 콩 가족들이 모두 차에서 내렸어요.

검은 콩이 엄마에게 말했어요.

"엄마, 우유 먹을래요."

꿀꺽꿀꺽.

검은 콩은 우유를 씩씩하게 마셨어요.

'어? 아침보다 우유가 맛있네?'

"엄마! 우유가 맛있어졌어요."

검은 콩이 말했어요.

"우리 검은 콩이 좋아하는 꿀을 넣었지."

엄마 검은 콩이 말했어요.

"엄마 최고!"

검은 콩은 엄마의 사랑을 느낄 수 있어 신이 났어요.

"안녕, 햇님아! 만나서 반가워. 나는 검은 콩이야."

검은 콩은 밝은 목소리로 햇님에게 인사했어요.

그리고 아기 손을 닮은 초록 단풍에게도 인사했어요.

"안녕? 나는 검은 콩이야. 만나서 반가워."

검은 콩 마음에 달달한 꿀처럼 사랑이 넘쳐났답니다.

나는, 사랑을 받으면 잘 극복하며 이겨내는 사람이다.

개미와 베짱이

황수정

해가 쨍쨍한 어느 날이었어요.
개미는 하루종일 노래만 하고 있는 베짱이에게 말했어요.
"베짱이 너는 일 안 하니?"
베짱이는 짜증 섞인 개미의 말에 씨익 미소를 지었어요.
그리고 이내 또 노래를 불렀어요.
베짱베짱베짱베짱.

개미는 놀기만 하는 것 같은 베짱이가 미웠어요.
'나도 베짱이처럼 노래나 하고 놀까?'
개미는 순간 이런 생각이 드는 자신에게 놀랐어요.
평생 열심히 일을 하는 것이 당연하다 여기며

살아왔는데 말이지요.
'아니야. 쉴 틈이 어디 있어? 부지런히 일해서
 먹이를 저장해 놔야지.
 노래를 부르며 즐거워하는 건 나에게 사치야.'
개미는 다시금 묵묵히 일을 해나가고 있었어요.

베짱베짱베짱베짱.
참 이상한 일이었지요.
개미가 일을 하는 곳이면 언제든지 베짱이가 함께 했어요.
개미가 힘들어하면 베짱이는 조용한 목소리로 노래를 불렀고,
개미가 신나게 일을 할 때면 베짱이 목소리도 커졌어요.
'베짱이는 왜 내 앞에서 노래를 할까?'
개미는 계속 생각해 보았어요.

어느 날, 노래를 멈추고 곤히 잠들어 있는
베짱이가 눈에 들어왔어요.
지친 기색이 역력했지요.
'아, 베짱이는 힘들게 일하는 나를 위해 노래를
 불러주었던 거구나.
 날 좋아한다는 말은 거짓이 아니었어.'

개미는 베짱이가 고마웠어요.
그리고 자신을 좋아해주는 친구가 있다는 것이 기뻤어요.
당장이라도 베짱이를 깨워 고마운 마음을 표현하고 싶었지만
모처럼 노래하는 것을 멈추고 쉬고 있는
베짱이의 소중한 시간을 지켜주기로 했어요.

개미는 오늘도 열심히 일해요.
이제는 힘들지 않아요.
베짱이가 있으니까요.

나는, 사랑받고 사랑하고 싶은 사람이다.
나는, 개미가 되고 싶은 베짱이다.

제 2 장

오늘의 나 : 벅차오르다

나도 살고 남도 살 수 있는 것, 그것은 '가치'다.
나의 가치 있는 일을 나누고
벅차오르는 감정을 느끼자.

햇빛이 되었어요

강승구

사랑하는 사람들과 함께하는 새벽.
빗줄기는 여느 때와 같이 힘차게 내리고 있었지만
비의 마음은 아름답게 느껴졌어요.
그리고 나의 '사각사각'이 시작되는 시간.

'사각사각'은 나의 초등학생 시절,
매일 함께 하던 친구였어요.
나의 하루가 계획대로 흘러가는지, 하루하루 무엇을 했는지도
알려 주었어요.

포근함이 나를 안아 주는 봄날,

'사각사각'이 말했어요.
"승구야, 우리 함께 멋진 하루하루를 만들어 가자."

쨍쨍한 햇빛이 나를 밝혀 주는 여름,
'사각사각'은 '나도 햇빛을 담고 싶어.'라고 생각했어요.

상쾌한 냉기를 느낄 수 있는 가을,
'사각사각'은 친구들과 모여 햇빛이 되기로 했어요.
이 가을의 아름다움을 그대로 받아들이기 어려운
노숙자분들께
김밥과 물 그리고
나의 개인저서 《STS(Secret to Success)》 책을 선물 드렸어요.
그리고 '사각사각'과 친구들은 그토록 바라던
햇빛이 되었어요.

하얀 눈이 내리는 겨울날,
'사각사각'은 지난날을 떠올리다 깜짝 놀랐어요.
자신이 햇빛이 될 수 있었던 건
목표를 기록하고 계획하고 일상을 기록하며 꾸준히 기부하던
지난날의 시간 덕분임을 알게 되었거든요.

그리고 목표를 계속 되뇌면
그 목표에 더욱더 가까워진다는 것과
기록은 기억을 이긴다는 것을 깨달았어요.
'사각사각'은 깨닫게 된 것을 사람들에게도
알려 주고 싶었어요.
그리고 계속 움직였어요.

'사각사각'의 진짜 이름은 '글쓰기'랍니다.

이 순간을 나눈다는 것

강지은

함박눈이 펑펑 내리는 겨울밤,
은은한 재즈 음악을 배경으로,
진한 카푸치노의 시나몬 계피 향이 나는 카페에서
나의 '소곤소곤'과 함께하는 시간.

'소곤소곤'은 나에게 용기와 희망을 준 친구였어요.
깊은 고독과 상실감과도 함께하며 토닥토닥 어깨를
다독여 주었고,
주저앉아있던 나를 일으켜 세워주었어요.

건조한 겨울나무에서 작은 새순이 제일 먼저 인사하는 봄날,

'소곤소곤'이 말했어요.
"지은아, 너와 함께할 수 있어서 다행이야."

뜨거운 태양이 내리쬐는 아스팔트에서 '소곤소곤'은
'나도 힘들 때가 있었지.'라고 생각하는 듯했어요.

드넓은 논이 황금빛으로 가득 찬 가을날,
'소곤소곤'은 친구들에게 잘 익은 먹음직한 온갖 과일을
선물했어요.
그리고 작은 씨앗이 예쁜 과일이 된 이야기를 들려주었지요.

매서운 칼바람이 불던 겨울밤,
따뜻한 난로 앞에서 '소곤소곤'은 지난날을 떠올려 보며
흐뭇해 했어요.
친구들에게 따뜻한 말 한마디를 건넬 수 있었던 것은
모든 삶이 소중하고 귀하다는 것을 깨달았기 때문이에요.

"나는 어제 일어난 일은 생각 안 합니다.
 내일 일어날 일을 자문하지도 않아요.
 내게 중요한 것은 오늘, 이 순간에 일어나는 일입니다."

지난날 함께 읽고 찾은 글귀가
절망스러운 내 삶에 새 힘을 주었지요.
'소곤소곤'은 자신이 깨닫게 된 것을 친구들에게도
알려주고 싶었어요.
누구에게나 현재의 삶은 기쁘고 슬픈 것이니,
모든 것이 중요하다고요.

더 많은 사람이 자신의 존재와 삶이 소중하다는 것을
알 수 있도록

"함께 읽자."라고 말할 거예요.

나의 '소곤소곤'의 진짜 이름은
'책을 함께 읽고 내 삶을 나누기'랍니다.

아름다운 소식 좋은 소식

김경화

시끌벅적한 어느날 오후,
버스를 타기 위해 모여든 사람들.
그리고 '몽글이'도 함께하는 시간.

무의미하게 살아가고 있던 나의 20대 시절,
'몽글이'는 살아갈 이유인 소명을 알려준 고마운 친구였어요.

희망을 알려주는 초록이들이 생기발랄한 봄날,
'몽글이'는 말했어요.
"경화야, 너와 함께 할 수 있어 좋아."

매미가 맴맴 노래하는 여름,
나무 그늘 아래에서 '몽글이'는 생각했어요.
'가끔씩 난, 불어오는 바람을 닮고 싶어.'라고 말이에요.

단풍이 예쁘게 물들어가는 가을,
'몽글이'는 단풍처럼 볼이 발그레해져서는 외쳤어요.
"아, 내가 바람을 닮고 싶어했던 이유를 알았어.
나를 필요로 하는 곳은 어디든 기쁨으로 날아갈 거야!"

온 세상이 조용한 겨울,
'몽글이'는 다짐했어요.
마음이 상한 자를 고치며
포로된 자에게 자유를,
갇힌 자에게 놓임을 선포하며
사람들에게 삶의 의미와 희망을 주는 인생을 살아가겠다고요.
지금까지 자신과 함께해 주신 신의 뜻에 기뻐하면서요.

'몽글이'의 진짜 이름은
'아름다운 소식, 좋은 소식'인 '복음'이랍니다.

자연의 마음을 모두에게

김명희

'살팡살팡'이는 이름을 바꾸고 자연인으로
새로운 삶을 살고 있어요.
이름을 바꾸기 전에는 '터벅터벅'이었답니다.

산속에서 발바닥에 느껴지는 폭신함은
봄이 오고 있음을 알려주기에
살팡살팡이는 더욱 신이 났지요.
손톱보다 작은 꽃이 흙을 뚫고 세상에 등장하며
말을 건넸어요.
"나도 꽃이야. 그러니 많이 봐줘."

찜통더위라는 여름이 와도 산속에 있는 살팡살팡이는
시원한 바람을 벗 삼아 자연의 협주곡을 들으며
베짱이가 부럽지 않았어요.
'지금 이 순간, 어찌 이곳에 있게 되었을까!'

녹색만 입고 있어 지겨웠는지 노랑, 빨강, 주황색 옷을 입고
패션쇼가 한창인 가을숲은 세계 최고의 런웨이를 펼친답니다.
살팡살팡이는 보다 많은 사람들이
이리도 아름다운 쇼를 보기 원하기에
초대장을 만들고 보내기를 반복했어요.

가을 숲은 패션쇼를 너무 열심히 했는지
앞다투어 옷을 내던지고
겨울잠을 자러 가버렸어요.
살팡살팡이는 땅 위에 뿌려진 낙엽을 밟으며
가을의 작별인사를 받았답니다.
이내 겨울 숲은 하늘을 불러 살팡살팡이에게
겨울왕국을 맞이하게 해 주었지요.
"펄펄 눈이 옵니다. 하늘에서 눈이 옵니다."

자연은 어떤 상황에서도 살팡살팡이를
즐겁고 행복하게 해 주었답니다.
살팡살팡이는 이리도 귀한 자연의 마음을
세상 모든 사람들에게 알려 함께 행복하기를 소망한답니다.

살팡살팡이의 진짜 이름은 '맨발걷기'랍니다.

흐뭇했어요

김민주

따뜻한 햇살이 반겨주는 오후,
잔잔하게 부딪히는 파도 소리.
꼭 잡은 아이와 나의 손이 '꼼지락꼼지락' 하고 있네요.

'꼼지락꼼지락'은 사춘기의 아이를 이해하는 선물이었어요.
그리고 나를 마주하는 시간이기도 했지요.
우리 둘만의 비밀 공간에서 웃고 울고
서로를 이해하고 사랑하며 사는 멋진 인생을 만났어요.

꽃망울이 톡톡 터지는 봄날, '꼼지락꼼지락'이
조심스레 다가왔어요.

"민주야, 깊이 숨어 있는 네 마음을 알게 돼서 참 좋아."

보슬비가 내리는 차창 밖으로
재잘재잘 떠드는 아이들이 보였어요.
'꼼지락꼼지락'이 "내 말 좀 들어 줘." 하는
아들의 목소리를 전해 주네요.

노란 은행잎이 바람에 흩날리는 가을,
'꼼지락꼼지락'은 깊은 생각에 잠겼어요.
'어떻게 하면 너와 나를 진심으로 이해할 수 있을까?'

따뜻한 붕어빵과 가족들이 함께 있는 식탁,
'꼼지락꼼지락'은 눈물이 났어요.
사춘기 아들을 이해하기 위해 애쓴 시간도,
나를 만나기 위해 방황했던 순간도,
언제나 사랑과 이해를 가르쳐 준
부모님이 계신 덕분이었어요.
아들과 같은 곳을 바라보고, 신호등이 되어 줄 수 있는 엄마.
공감. 소통. 경청하는 지혜로운 리더로 살아가기 위해
매일 성장하는 존재가

'나'라는 사실을 알게 되니 흐뭇했어요.

'꼼지락꼼지락'은 늘 으르렁대는 친구에게 찾아갔어요.
서로가 서로에게 얼마나 귀하고 소중한 존재인지,
함께 할 수 있는 시간의 유효함을 깨닫게 해 주고,
눈 감고 손잡고 마음을 활짝 열어 보라고 말했어요.

나의 '꼼지락꼼지락'의 진짜 이름은 '대화'였답니다.

단짝 친구

김보승

학교 점심시간, 대부분의 친구들이 빠져 나간 교실.
급식보다 내 마음을 채워주는 '사각사각'을 만나요.

싫증이 나던 중학생 시절,
'사각사각'은 내게 선물처럼 찾아왔어요.
그렇게 우리는 단짝 친구가 되었답니다.
'사각사각'은 내게 웃음, 감동, 재미를 알게 해 주었어요.

벚꽃이 흩날리는 봄날, '사각사각'은 속삭였어요.
"보승아, 우리 학교를 빠져 나가 볼까?"

에어컨이 빵빵하게 돌아가는 교실에서
'사각사각'이 눈치를 보네요.
'여기는 불편해. 편한 집으로 어서 가자.'라고
속으로 말하는 듯했어요.

단풍이 거리를 붉게 물들이는 가을,
'사각사각'은 가족 여행에 함께 했어요.
여행지에서 가족들과 신나게 노느라고
잠시 잊혀진 '사각사각'은 속상했어요.

쌩쌩 바람 불고 눈 내리는 겨울, '사각사각'은 신이 났어요.
'추울 때는 따뜻한 방에서 책 읽는 게 너무 좋잖아.'
많은 사람들의 이야기를 만날 수 있다는 생각에
'사각사각'은 폴짝폴짝 뛰었어요.

'사각사각'은 책 읽는 방법을 친구들에게 알려 주었어요.
"얘들아, 너희도 지루함을 달랠 수 있게
 책을 읽어 보는 거 어때?"

나의 '사각사각'의 진짜 이름은 '독서'랍니다.

반짝이던 그 날들

김선영

살랑살랑 시원한 바람이 창문을 타고 놀러온 어느 날,
보름달처럼 밝은 불빛 그리고 작은 새들의 노랫소리와 함께
'반짝반짝'이 나에게 다가왔어요.
'반짝반짝'은 슬플 때는 위로를, 행복할 때는 함께해 주며
꿈과 희망을 가져다 주는 멋진 친구랍니다.

노란 개나리가 활짝 핀 봄날,
새싹이 돋아나듯 '반짝반짝'은 속삭였어요.
"선영아, 너와 함께라서 너무 행복해."

멋진 해님이 뜨거움을 자랑하는 여름날,

'반짝반짝'은 생각했어요.
'나도 여름 해님처럼 열정적이란다.
나의 열정을 많은 사람에게 알려주고 싶어.'

별들이 빛나고 귀뚜라미 소리가 가득한 가을,
'반짝반짝'은 소중한 사람들에게 귀한 말을 전해 주었어요.
"나는 나 자신을 사랑하고 존중해.
나와 너 모두는 가치 있는 존재야."

하얀 눈이 세상을 덮은 어느 겨울날,
'반짝반짝'은 과거의 날들이 문득 떠올랐어요.
나다운 삶을 살 수 있었던 것은
기도와 명상으로 나와 대화하는 시간 덕분임을 깨달았답니다.
'반짝반짝'은 더 많은 사람들에게 외치고 싶어졌어요.
자신을 사랑함으로 자존감을 높이자,
남을 사랑하는 자가 되자,
항상 감사하는 삶을 살자,라고 말이에요.
또한 소중한 사람들과 명상과 기도를 함께 하자고 말할 거예요.

나의 '반짝반짝'의 진짜 이름은 '새벽 기상'이랍니다.

한참을 망설인 후

김애자

푸르른 바다 내음이 물씬 풍기는 선착장,
상큼한 레몬주스를 마시며
친구들과 즐겁게 담소를 나누고 있었어요.
'빙그레'는 내 곁으로 다가와 다정한 친구처럼
나에게 어깨동무를 했지요.
그때 시원한 바람이 불어와 내 이마에 맺힌
 땀을 식혀 주었어요.

산과 들, 노란 개나리와 빨간 진달래가 활짝 핀
어느 봄날이었어요.
'빙그레'는 꼭 쥔 내 주먹을 힘껏 잡아주며 말했어요.

"너와 다정한 친구가 되고 싶어.
너는 무엇이든 할 수 있어.
너의 멋진 꿈을 위해 함께 달려보자."
그때부터 '빙그레'는 나의 친구가 되었지요.
'빙그레'가 곁에 있어서 도전하는 것이 두렵지 않았어요.
'빙그레' 덕분에 늦은 나이에 공부도 열심히 할 수 있었고,
어떤 일이든 시작하면 끝까지 해내는 끈기도 갖게 되었어요.

온 세상이 초록으로 물든 여름,
'빙그레'와 나는 여행을 떠났어요.
'빙그레'는 여행 중에도 나에게 말했어요.
"아름다운 풍경을 보며 마음의 양식을 쌓는 시간을
가져보지 않을래?"
나는 '빙그레'의 말에 여행 중에도 책을 읽었어요.
'빙그레'는 배움의 소중함을 늘 이야기해주며
나를 움직이게 해 주었어요.

오곡이 익어가는 가을날,
나는 '빙그레'에게 고마운 마음을 표현하고 싶었어요.
그래서 함께 지리산으로 단풍구경을 떠났지요.

단풍이 물든 지리산 오솔길을 걸으며 '빙그레'에게 말했어요.
"힘든 인생길이었지만 너와 함께여서 행복했고
　여기까지 올 수 있었어. 고마워."
"그동안 수고 많았고, 함께여서 행복했어."
'빙그레'는 나를 위로해 주었어요.

흰 눈이 온 세상을 하얗게 덮은 겨울.
나는 '빙그레'와 잠시 헤어져서 휴식을 취하며
시간을 보내고 있었어요.
따르릉.
'빙그레'의 전화였어요.
'빙그레'는 내게 말했어요.
"흐르지 않고 고여 있는 물은 썩게 되지만
　쉼 없이 흐르는 물은 그 생명력으로 사람을 살리는
　물이 된단다.
　다시 용기 내어 꿈을 향해 전진해 보자.
　글쓰기를 통해 사람들에게 희망과 용기를 주자."
라고 말이에요.

나는 '빙그레'의 말에 한참을 망설인 후,

용기 내어 다짐을 하게 되었어요.

'그래! 글쓰기를 통해 사람들에게 꿈과 희망을 주는
사람이 되어야겠다.'

'빙그레'의 진짜 이름은 바로 '열정'이랍니다.

보글보글이의 꿈

김영숙

거실 유리창 너머로 보이는 하늘.
보글보글이는 흰 구름이 흘러가는 모습을 보고 있어요.
키가 큰 소나무 가지 끝이 흔들리네요.
바깥은 아직 추운 날씨입니다.

보글보글이는 따뜻한 공간에 앉아 바깥 풍경을 보는 시간을
좋아한답니다.
조그만 주전자에서 물이 끓어요.
보글보글이는 따뜻한 차 한잔을 마시며 행복을 느낍니다.

보글보글이는 이웃 블로그를 방문하던 중,

아주 우아하고 멋진 맛집을 만났어요.
여러 나라의 아름다운 풍경들
그리고 다양한 이야기로 가득 채워져 있는 그 공간은
인생을 돌아보게 하는 힘이 있었어요.
보글보글이는 일상에 지치고 기운이 없을 때
이웃 님이 선곡해 둔 아름다운 음악을 들었어요.
숲속 정원에 앉아 책을 읽듯 위로를 받는 시간이었어요.

보글보글이는 자신도 세상의 누군가를 위해
사랑을 전하는 자가 되고 싶다는 꿈을 가졌답니다.
'내가 할 수 있는 일은 무얼까?'
보글보글이는 생각했지요.

그리고 보글보글이가 만나게 될 배고픈 사람들에게
맛있는 찌개로 따뜻한 쉼과 사랑을 전하자고 마음 먹었어요.
신선한 재료들을 모아 맛깔 나는 찌개를 보글보글 끓여
기운이 없는 사람들도 힘이 나는 찌개를 대접해 드리자!
상상만 해도 뿌듯했어요.
간장, 된장, 고추장은 가장 흔한 재료들이지만
뚝배기에 담아 정성껏 끓여내면

세상을 따뜻하게 만드는 사랑의 찌개가 되겠지요?

여러분,
보글보글 찌개 드시러 오세요.

넓은 마음

김이루

조용한 방 안, 나는 '사락사락'과 함께 있어요.

나는 심심할 때, 궁금할 때마다 '사락사락'을 찾았어요.
'사락사락'은 늘 나에게 수많은 이야기를 들려주었고,
다른 세상을 알게 해줬어요.

화단에 개나리가 만개한 어느 날, '사락사락'은 말했어요.
"나와 함께해 줘서 고마워. 네가 할아버지가 되어도
 나와 함께 해줬으면 좋겠어."

도로가 녹아내리는 듯한 뜨거운 어느 날,

'사락사락'은 생각했어요.
'아이스크림이 녹고 얼음이 녹아도 나를 향한
 너의 마음은 녹지 않았으면 좋겠어.'

숲속에서 다람쥐가 도토리를 모으는 어느 날,
'사락사락'은 밖으로 나갔어요.
'사락사락'은 자신이 모아두었던 많은 이야기를
아이, 어른 할 것 없이 모두에게 나눠주었어요.

나라가 눈에 파묻힐 듯한 어느 날,
'사락사락'은 창밖을 보았어요.
창밖에는 '사락사락'의 이야기를 들었던 사람들이
벤치에서, 창문 아래에서 자신이 들려주었던 이야기에 대해
서로 대화하고 있었어요.
그때 '사락사락'은 자신의 이야기로 인해 사람들이
서로 대화하며 지식을 쌓고 더욱 사이좋게 한다는 걸
깨달았어요.

'사락사락'은 자신이 깨달은 것을 넘어 더 대단한 일을
하고 싶어졌어요.

보다 많은 사람들이 책을 읽고
그 내용에 대해 생각하고 대화하며
세상을 바라보는 눈을 넓어지게 하고 싶었어요.
그래서 '사락사락'은 모든 사람이 책을 읽을 수 있도록
도서관을 지었어요.
이제 세상을 바라보는 사람들의 눈이 더 넓어지게 되겠죠?

나의 '사락사락'은 '독서'랍니다.

말해줄 거예요

백송하

늦잠 자는 날,
방문 열리는 소리에 일어났어요.
"놀아줘."
조카들이 깨우는 알람 소리였네요.
오늘도 신나게 '뽀작뽀작' 해 볼까요?

'뽀작뽀작'은 눈을 뜨고 잠을 자기 전까지
항상 같이 있는 친구예요.
누군가에겐 위로가 될 수 있고 또 누군가에겐
웃음을 줄 수도 있어요.
'오늘 하루도 눈치껏 살아볼까?

나는 어떤 순간에도 너의 옆에서 행복을 지켜줄 거야.'
사람들은 힘들 때도 좋을 때도 나를 찾기 시작했어요.

맛나고 예쁜 도시락을 싸서 봄 소풍을 떠난 날,
'뽀작뽀작'은 말했어요.
"송하야, 이제는 다른 사람만 챙기지 말고
 너 자신도 챙겨보는 게 어떨까?
 네가 행복해야 다른 사람도 진심으로 행복할 수 있어."

뜨거운 태양 아래 까맣게 타버린 나의 모습을 보고
생각했어요.
'내가 이런 모습이라도 사랑받을 수 있을까?'

데굴데굴 도토리가 굴러다니는 기차 안,
'뽀작뽀작'은 친구들을 위해 삶은 달걀을 들었어요.
이마로 탁, 달걀 껍질 까는 모습을 보여주니
하하 호호 웃으며 서로 달걀 껍질을 까주기 시작했어요.

손발이 꽁꽁 시린 겨울날, 흰색 롱패딩을 꺼내 입었어요.
'뽀작뽀작'은 지난날을 떠올리다 깜짝 놀랐어요.

'나의 '뽀작뽀작'은 정말 남을 위한 것이었을까?
아니야. 나를 미워하지 말라는 나를 위한 보호 본능이었구나.
롱패딩 속의 진짜 내 모습도 사랑해 줄 수 있는
사람을 만나고 싶어.'

'뽀작뽀작'은 찾기 시작했어요.
내가 남을 사랑하는 것처럼
진짜 나를 사랑해 줄 수 있는 사람을요.
나를 사랑해 주는 사람을 만나면 말해줄 거예요.
"나를 사랑해 줘서 고마워."라고 말이에요.

나의 '뽀작뽀작'은 '장난치기'랍니다.

벅차오르는 감동

서옥남

산계곡을 타고 이리 돌고 저리 돌아 시원한 바람을 맞으며 '헉헉-후'는 오늘도 우거진 숲을 바라보아요.

푸릇푸릇한 새싹들이 메마른 가지를 덮어주며 따스함을 나누는 어느 날, '헉헉-후'는 입가에 미소가 가득했어요. '헉헉-후'가 만나는 모든 것들이 새로웠거든요. 봄바람에 살랑이며 인사하는 풀잎들마저 '헉헉-후'에게 설렘을 안겨주었어요. 앞으로 펼쳐질 것들에 기대가 가득해지는 순간이었답니다.

작열하는 여름 태양빛이 '헉헉-후'에게 항복을 요구하듯 이마에 땀방울을 쉴새없이 흐르게 했어요. '헉헉 -후'는 태양빛과의 사투가 그리 싫지만은 않은가 봐요.

"태양아, 우리 다음에 만나면 안 될까?"

내가 숨을 몰아쉬며 물으니 '헉헉-후'가 말했어요.

"나는 뜨거운 태양열과 함께 산에서 계곡을 타고 불어오는 시원한 바람이 좋아. 너무 시원해서 달콤한 복숭아 향기가 나는 것 같아."

'헉헉-후'는 턱까지 올라오는 숨을 몰아쉬고 있는 나에게 환한 웃음을 보였어요.

노란 은행잎으로 뒤덮인 가로수를 걸으며 '헉헉-후'는 말했어요.

"와! 황금 카펫을 펼쳐놓은 시상식에 온 것 같아."

'헉헉-후'는 박수를 치며 어린 아이 같이 좋아했어요.

'헉헉-후'는 눈 덮인 계곡을 미끄러지지 않도록 조심조심 지나갔어요. '헉헉-후'가 넘어지려 하자 낯선 이가 손을 내밀어 붙잡아주었어요. '헉헉-후'는 머리가 아파 오기 시작했어요. 앙상한 가지 사이로 파란 하늘만 빼꼼히 보였어요.

'헉헉-후'는 주저앉고 싶었어요. 뒤에서 누군가 '헉헉-후'를 밀어주며 말했어요.

"다 왔어요. 조금만 더 힘내세요. 곧 도착해요."
'헉헉-후'는 포기할 수 없었어요. 어느덧 '헉헉-후'는 계곡을
지나 산봉우리에 닿았어요.
하늘을 가렸던 앙상한 가지들이 손짓하며 인사를 건넸어요.
'헉헉-후'도 벅차오르는 가슴으로 두 팔을 활짝 펴고 인사했
어요. '헉헉-후'는 만나고 헤어지는 모든 이들과도 인사를 나
눴어요.

'헉헉-후'는 함께 하는 사람들이 있어서 행복했어요. 모든
사람들이 힘든 길을 오르면서도 웃음을 잃지 않는 이유를 알
았어요. 역경을 이겨내며 끝까지 최선을 다해 정상에 올랐기
때문에 뿌듯함을 선물받을 수 있는 거였어요. 그리고 함께한
사람들 덕분에 목표지점에 골인할 수 있다는 사실도 깨달았
어요.

목표지점을 향해 뚜벅뚜벅 걸어가며 여러 가지 생각과 감정이
떠오르지만 결국 벅차오르는 감동을 이루어내는 '헉헉-후'의
이름은 '등산'이랍니다.

백록담에서 품게 된 소망

신시옥

"비가 오네. 오늘은 그냥 쉴까?"
'뚜벅뚜벅'은 잠시 망설이다 우산을 썼어요.
퇴근 후 용지호수 길을 걸었어요.

무더운 날에는 그늘이 시원한 반송공원 산책로와 함께하고
추운 날에는 슬로우 워킹으로 주구 운동장을 돌았어요.
친구가 동행하는 날은 이야기꽃을 피우며
대동 하천을 따라 걸었답니다.

3년 전 건강에 빨간불이 켜졌을 때 '뚜벅뚜벅'을 만났어요.
처음에는 힘들어서 멀리하고 싶고,

바쁘다는 핑계로 외면할 때도 있었지요.
그러나 계절이 세 번 바뀌는 동안 '뚜벅뚜벅' 덕분에
나의 건강엔 다시 초록불이 켜졌어요.

아롱아롱 아지랑이가 피어오르는 봄날,
'뚜벅뚜벅'이 말했어요.
"시옥아! 너와 함께 여러 코스의 길을 걸을 수 있어서
 너무 행복해!"

산새 소리가 청아하게 울려 퍼지는 숲속에서 '뚜벅뚜벅'은
숲을 닮고 싶다는 생각을 했어요.
동물과 식물을 엄마 품처럼 포근하게 품어 주는 숲.
산소를 만들어 주고 공기를 맑게 해 주는 숲,
지친 나그네에게 쉼을 주는 숲처럼
생명을 살리는 사람이 되면 좋겠다고요.

울긋불긋 단풍이 손짓하는 가을,
'뚜벅뚜벅'은 친구들과 등산을 갔어요.
"와!" 감탄사를 연발하며 가을을 마음껏 누리고
꿀맛 같은 도시락을 먹으며 아름다운 추억을 만들었지요.

하얀 눈이 덮인 한라산 백록담을 등정했던 감격스러운 순간,
'뚜벅뚜벅'은 깜짝 놀랐어요.
등산을 할 수 있고 건강을 회복한 건
그동안 꾸준히 걸었기 때문이었다는 걸 알게 되었거든요.
그리고 좋은 사람들과 함께 건강하게 살아가고 싶다는
소망을 품게 되었어요.

몸과 마음은 건강할 때 지켜야 해요.
삶에서 가장 중요하게 생각해야 하는 우선순위는 건강이란 걸
다시 한번 친구와 이웃들에게 일깨워 줄 거예요.

'뚜벅뚜벅'의 진짜 이름은 '만보 걷기'랍니다.

살랑살랑하게

유명순

새벽예배 후 살랑살랑한 바람의 움직임을 느껴요.
아름다운 '살랑살랑'들을 한 아름 안고 노래를 흥얼거려요.
야무지지 못하고 까칠한 나를
야들야들한 나로 만들어 가시는 하나님께
'아 하나님의 은혜로' 찬양을 올려 드려요.
그리고 지금까지 나와 함께 해 준 '살랑살랑'과의 추억도
떠올려 보았어요.

"우와! 민들레꽃 예쁘다."
"어서 와, 명순아. '살랑살랑'이도 함께 왔구나."
어느 봄날.

들판의 노란 민들레 꽃들이 활짝 웃으며 나와 '살랑살랑'을
반겨 주었어요.

유년 시절, 학교에서 집까지 가려면 한 시간이 걸렸어요.
그 시간과 함께하는 드넓은 들판의 꽃들은
나만의 왕국이었지요.
연분홍 물감을 끼얹은 듯 물결치는
'자운영' 꽃들이 나를 반겨 주었어요.
'자운영' 꽃으로 꽃반지와 꽃팔찌를 만들어
언니랑 친구들과 놀았어요.
훗날, '자운영' 꽃은 나의 '살랑살랑'이 되어 주었답니다.

푸른 보리 밭길에 눕기도 하고 보리를 뽑아
꽃다발을 만들기도 했어요.
보리가 말했어요.
"살랑살랑아, 네가 웃어주며 나에게 다가오니 좋아.
 네 덕분에 내가 더 멋있어졌어. 고마워."

"난 말이야, 해바라기꽃을 닮고 싶어.
 하나님만 바라보듯 말이지."

'살랑살랑'과 이야기 나누던 가을날이었어요.
"안녕, 얘들아. 난 호박꽃이란다."
포용과 관대함의 꽃말을 가진 호박꽃이
나와 '살랑살랑'을 보며 환한 미소를 지었어요.

소복하게 쌓인 눈과 장작을 보며 '살랑살랑'이
조용히 말을 건넸어요.
"명순아, 사람들이 우리를 보면서 더 많이 행복할 수 있도록,
 너처럼 소중한 추억을 더 많이 떠올릴 수 있도록,
 우리만의 집을 지어 보는 건 어떨까?"
"우와! 좋은 생각이야. 교회 옆 건물에 꽃꽂이 교육센터를
 만드는 거야."
나와 '살랑살랑'은 따뜻한 꿈과 온기로
서로 연결되어 있었어요.
이제는 더 많은 사람들이 살랑살랑한 마음으로
서로에게 아름다움을 선물해 주게 되겠죠?

나의 '살랑살랑'은 '꽃꽂이'랍니다.

맞지?

이소명

2025년 1월 1일 상큼한 새벽 하늘 아래,
나는 계속 달리고 있었어요.
이 날은 달리기 완주 목표를 이루리라 다짐한 날이었죠.

푸릇푸릇한 잎들이 예쁜 봄날,
'으쌰으쌰'가 말했어요.
"벌써 새해가 왔네. 새로운 마음으로 다시 시작하는 거야."
'으쌰으쌰'의 말에 나는 고개를 끄덕였어요.

무더위가 한창인 여름,
'으쌰으쌰'가 말했어요.

"뜨거운 여름처럼 우리의 의지도 불타고 있어.
　끝까지 해 보는 거야."
나는 대답했어요.
"그래. 함께라면 모든 것을 할 수 있어."

아름다운 단풍이 춤을 추는 가을.
나는 점점 지쳐갔어요.
'으쌰으쌰'가 말을 걸어도 나는 대답하지 않았어요.

어느새 겨울이 되었습니다.
나는 '으쌰으쌰'와 지냈던 날을 되돌아 보았어요.
나도 모르게 눈물이 흘렀지요.
그리고 '으쌰으쌰'에게 미안해졌어요.
"내가 너를 계속 멀리 했어. 미안해."
나는 '으쌰으쌰'에게 사과했어요.
"괜찮아. 우리 다시 해 보는 거야.
　추위도 우리의 열정을 막을 수는 없어. 맞지?"
나는 고개를 끄덕였어요.

2026년 1월 1일.

나는 '으쌰으쌰'와 다짐한 일을 드디어 성공했어요.

그리고 깨달았어요.

노력과 함께라면 어떤 어려운 일도 해낼 수 있다라는 것을요.

중요한 것

이순자

새벽 자명종 소리에 벌떡 일어났어요.
"잘 잤니?"
새벽에 만나는 책과 함께 하루를 시작하지요.
그리고 나의 '살금살금'이 함께 하는 시간이에요.
아이들의 웃음소리, 아이들과 배우고 놀이하는 것을
사랑하는 나는 아이들에게 많은 것을 전해주고 싶어
오늘도 '살금살금'을 깨웠어요.

꽃비가 내리는 봄날,
산책로에서 노란 민들레를 만났어요.
"우와! 민들레가 예쁘게 피어있네."

'살금살금'은 말했어요.

"순자야, 나랑 같이 걸을래?"

"그래. '살금살금'아, 손잡고 함께 걷자."

함께 걷는 봄은 또 어떤 선물을 준비하고 있을까,

기대되었어요.

태양이 뜨겁게 내리쬐는 더운 여름날,

바다에는 작은 파도가 넘실거리고 있었지요.

'살금살금'은 바닷가를 걷고 싶어졌어요.

"순자야, 우리 모래밭을 걸어보는 것은 어때?"

"응, 알겠어. 바닷가로 가자."

'살금살금'은 순자와 함께 바닷물에 발을 담그며 걸었어요.

자연의 소리와 움직임을 느끼며 마음에 집중해보는

시간이었지요.

울긋불긋 단풍이 물들어 있는 가을 산은

눈부시게 아름다웠어요.

산속에서는 나뭇잎들과 작은 동물들이 서로 몸을 흔들며

춤을 추고 있었어요.

'살금살금'은 오랫동안 함께 지냈던 친구들과 즐겁게

놀이를 하고 싶어졌어요.
"친구들아! 우리 같이 놀자."
함께한다는 건, 참 행복해요.

찬바람이 쌩쌩 불어오는 겨울 날,
'살금살금'은 사진을 보다가 지난 일들이 생각나서
깜짝 놀랐어요.
사진 속에는 아픈 기억들이 담겨 있었어요.
그리고 '살금살금'은 아무리 어려운 일이라도 이겨내고 나면
배움과 성장의 씨앗이 된다는 것을 깨닫게 되었어요.
삶 속에서 중요한 건 존재 자체라는 것도 알아가고 있답니다.
그래서 '살금살금'은 이웃들을 사랑으로 섬기고,
나누는 일이 가치 있다는 것을 전하고 있지요.

나의 '살금살금'의 진짜 이름은 '배움'이랍니다.

우리는 변화할 수 있는 존재라는 것을

이정숙

새벽 5시, 알람이 울려요.

날씨는 싸늘하고 어둠도 가득하지요.

백구는 정원에서 달리고 나는 바이크 위에서 달려요.

2024년 12월 1일부터 바이크는 나의 진짜 친구가 되었어요.

2025년 1월이에요.

나는 64살이 되었답니다.

바이크를 타고 난 후 624(6시를 2번 만나는 4람들)

독서모임을 이끌었어요.

곧이어 바로 달리기를 하러 나갔어요.

짱짱한 노후준비를 지금부터 해야겠다고 마음 먹었거든요.

본격적으로 아침을 달리며 '산타는(산을 타는) 할매'로
정체성을 만들었어요.
활력 넘치는 하루하루가 선물이 되어주고 있었어요.

예쁜 봄날,
영차영차 달리는 '헉헉이'에게
노란 개나리가 박수 치며 말했어요.
"매일 아침을 달리면 금방 팔팔한 건강을 얻게 될 거야."
그리고 기적이 일어났어요.
햇살같은 느낌이 삶에 스며드는 어느 날부터
남편도 같이 뛰고 있었어요.

포플러 나뭇잎이 연둣빛 옷을 입고 인사하는 여름날,
나도 인사를 건넸어요.
"우리 부부도 너희들처럼 싱싱하게 피어나고 싶어."
라고 말이에요.

100일 달리기가 두 번 지나고 가을이 되었어요.
'헉헉이'는 더 이상 헉헉이가 아니었어요.
'싱싱이'로 성장해 팔팔하게 달렸어요.

각양 각색의 단풍들이 응원하고 있었지요.

달리고 달리는 우리 부부는
하얀 눈이 내리는 겨울을 맞이하였어요.
'헉헉이'에서 '싱싱이'로 거듭난 우리는
서로에게 깜짝 놀랐어요.
매일매일의 작은 실행이
나를 살리고 가정을 살리고 이웃을 살리는
생명이 되고 있었거든요.
'싱싱이'는 실행 후 깨달은 것을
친구들에게도 알려주고 싶어졌어요.
우리는 변화할 수 있는 존재라는 것을요.
더 많은 사람들이 자신감 넘치는 삶을 살 수 있도록,
아침 달리기 동아리를 만들어서 함께 달리자고 할 거예요.

'싱싱이'의 진짜 이름은 '매일매일의 달리기 루틴'입니다.

마음 더하기 마음

전근이솜

FM 89.7
작은 라디오 스피커에서 흘러 나오는 음악.
그 곁에
'꼬물꼬물 꼼지락'이 함께하는 시간이에요.
꼬물꼬물 꼼지락은
어린 시절 엄마 곁에 다가갈 수 있는 용기가 되어 주었어요.

시커멓고 큰 둥치에서
작고 여린 새순이 빼꼼히 돋아나기 시작하는 봄날,
꼬물꼬물 꼼지락이 말했어요.
"근이솜, 내게 다가와 줘서 반갑고 고마워."

푸른 하늘, 푸른 바다, 푸른 숲이 보이는
창이 큰 바닷가 카페에서
꼬물꼬물 꼼지락은 생각했어요.
'나도 높고 넓은 푸름이 되고 싶어.'

거리마다 노란 은행잎이 가득한 날,
꼬물꼬물 꼼지락은 친구에게 선물할 모자를 완성했어요.
노란 가을 색을 닮은 종이로 곱게 포장도 했어요.
그 위에 살포시 꽃 한 송이도 함께요.

춤을 추듯 새하얀 눈이 펄펄 내리는 겨울,
꼬물꼬물 꼼지락은 깨달았어요.
친구들에게 선물로 나눌 수 있었던 건
한 줄 한 줄 더해 올린 시간 덕분이었다는 것을 말이에요.

사랑하는 마음을 표현하는 것은
나를
그리고 우리를
따뜻하고 평온하게 만들어 준다는 것도요.

꼬물꼬물 꼼지락은 친구들과 나누고 싶어졌어요.
먼저 다가와 주길 기다리는 이에게도,
마음이 아픈 이에게도,

모두에게 다가갈 수 있는
용기가 되고 선물이 될 수 있게 해 준

꼬물꼬물 꼼지락은
나의 뜨개질이랍니다.

낙심과 그리움을 만날 때면

전숙향

쏴아쏴아.
비 내리는 오후.
창가의 흰색 벤치 위에는 치즈 길냥이 '살구'와 '보리'가
비를 피하고 있었어요.
거실에는 'G 선상의 아리아'의 첼로 선율이 빗소리 반주에
맞춰 유유히 흐르고,
나는 뜨거운 커피잔을 두 손으로 감싼 채 '보들이'에게
빠져듭니다.

그날도 이렇게 비가 내리는 날이었지.
처마 밑에 쪼그려 앉은 단발머리 소녀는 쉬지 않고 떨어지는

빗방울을 하염없이 바라보고 있었어요.
작은 물웅덩이마다 퍼지는 왕관 모양 파문 속에서
소녀는 '보들이'를 처음 만났어요.
노란 개나리 줄기 사이로 소리 없이 보슬비가 내리는 봄.
삐죽삐죽 솟아난 초록 잎이 보슬비에게 말했어요.
"얘, 너의 간지럽힘 때문에 내가 웃음을 멈출 수가 없어."
여리고 부드러운 보슬비를 닮은 '보들이'의 이런 모습은
깨물어 주고 싶을 만큼 귀여웠지요.

한여름의 뜨거움을 시샘하듯 한바탕 소낙비가 퍼부었어요.
'아, 저 강한 힘과 열정은 어디에서 나오는 걸까!'
늘 내 마음을 설레게 하는 소나기처럼 '보들이'는
나의 온몸을 전율케 합니다.

아름다운 가을.
단풍이 왈츠를 추듯 이리저리 구를 때면 어김없이
나는 '보들이'와 밀월여행을 떠날 거예요.
소복소복 눈 내리는 하얀 겨울이 오면,
나는 빨간 벽난로 속의 타오르는 불꽃 속으로
'보들이'와 함께 활활 타들어 가요.

이 세상에 '보들이'만큼 내 마음을 어루만져 주는 이는
없거든요.

말랑말랑한 상상 속의 글쓰기 여행을 할 때도
'보들이'는 둘도 없는 동반자가 되어 준답니다.
그리고 사랑하는 사람과 함께하는
'보들이'는 영혼을 새롭게 하는 마법도 지니고 있어요.
누구나 힘들고 지쳐 낙심이 될 때나,
갑자기 어떤 사람이 몹시 그리워질 때면
'보들이'를 꼭 만나길 소망해요.

언제나 나의 마음을 어루만져 주고
영혼을 빛나게 해 주는 '보들이'의 이름은
바로 '음악 감상'이랍니다.

다시 피어나는 꿈

정명희

새벽 6시.
뚜뚜, 알람 소리가 방안을 가득 채웠어요.
창문을 살짝 열자, 시원한 새벽 공기가 얼굴을 스쳤어요.
차가운 공기가 방 안으로 스며들며 하루가 시작되었답니다.
모닝 미라클과 명상으로 하루를 시작했어요.
조용히 숨을 고르며 마음을 정리하는 나만의 시간이지요.

그때, '몽글이'가 제게 속삭였어요.
"오늘도 아이들의 꿈이 영그는 그곳으로 가자.
 그 길을 향해 감사의 마음 가득 채우며 떠나보렴."
그 말에 제 마음은 두근두근 설렜어요.

'오늘은 어떤 가치를 더할까?'라는 생각에
뭉클해지기도 했지요.

아이들과 함께하는 하루하루의 시간,
교실은 언제나 아이들의 웃음소리로 가득했어요.
"선생님, 이거 봐요!"
한 아이가 크레파스로 쓱쓱 색을 칠하며
자신의 꿈을 그렸어요.
손길은 조금 서툴렀지만, 그 마음은 정말 따뜻했어요.
함께 만든 작품으로 서로 이야기 나누며
아이들은 깔깔깔 웃으며 즐거워했답니다.

오늘 하루 있었던 일들을 떠올리며 감사일기를 썼어요.
"작은 일 하나에도 이렇게 기쁨을 느낄 수 있다니."
제 마음속에 잔잔한 파문이 일렁일렁 퍼져갔답니다.

대학 시절, 저의 방학은 어김없이 조카를 돌보는 시간으로
채워졌어요.
조카와 함께하는 시간은 단순한 돌봄이 아니었어요.
사랑과 배려를 나누고 함께 성장하는 소중한 시간이었지요.

시작은 사소했지만 의미는 깊었어요.
처음에는 워킹맘이었던 언니를 대신해 우유를 먹이고,
낮잠을 재우고, 책을 읽어주는 단순한 일이었어요.
시간이 흐르며 조카의 맑은 웃음소리와 작은 몸짓들은
가슴을 따뜻하게 만들어 주었답니다.

그렇게 조카의 첫걸음을 함께한 순간, 작은 손을 잡고
응원하며 느꼈던 감정은 기쁨과 뭉클함이었어요.
조카가 울던 날, 품에 안겨 잠든 조카를 보며
책임감과 깊은 사랑을 느꼈답니다.
그리고, 조카가 처음으로 "이…모!"라며 제 이름을 부르며
안기던 그 순간, 제 마음은 따뜻한 온기로 가득 찼어요.

조카와 함께하며 저는 많은 것을 배웠답니다.
인내심, 세심함 그리고 상대를 이해하는 마음이 무엇인지
깨달았어요.
20대의 저를 더 나은 사람으로 만들어주었답니다.
작은 시작이었지만, 그 안에 담긴 사랑은 큰 가치를
만들었어요.
누구나 이런 순간을 경험할 수 있을 거예요.

'몽글이'가 다시 속삭였어요.
"봄처럼 따뜻한 마음으로, 새싹처럼 다시 시작할
용기를 내어보렴.
꽃봉오리가 터지듯 네 안의 희망도 곧 활짝 피어날 거야.
아무리 추운 겨울이었더라도, 너의 노력은 분명 따뜻한
열매를 맺을 거란다."

그 말을 들은 저는 다시 마음을 다잡았어요.
그리고 창밖을 보니 어느새 여름이 성큼 다가와 있었어요.
초록빛 잎사귀가 바람에 살랑이고, 쨍쨍 내리쬐는 햇볕이
온 세상을 환하게 비추고 있었어요.

"여름은 열정이야.
태양처럼 따뜻한 마음으로 세상을 비추고,
쉼 없이 흐르는 시냇물처럼 너의 가치를 더해보는 거야.
더운 날씨에도 꽃들은 열매를 맺기 위해 애쓰잖아.
너도 그렇게 하루하루의 노력을 쌓아가고 있어.
너의 열정이 누군가에게는 그늘이 되고,
또 다른 이에게는 반짝이는 빛이 될 수 있을 거야."

'몽글이'의 말이 제 마음을 뜨겁게 했어요.
여름의 한낮처럼 뜨겁게 번지는 이 생각은
내가 하는 일이 단순한 노동이 아니라,
누군가의 삶에 따뜻한 자국을 남긴다는 걸
깨닫게 해 주었어요.
온 세상이 금빛으로 물드는 계절이었어요.
나무는 풍성하게 익은 열매를 흔들며,
산들바람에 바스락바스락 춤을 추고 있었어요.
교실 창문 너머로 떨어지는 낙엽이
수북이 쌓이는 모습을 바라보며,
아이들과 함께 '가을 나눔의 날'을 준비했답니다.

테이블 위에는 아이들이 모은
도토리, 밤, 솔방울이 놓여 있었고,
붉고 노랗게 물든 나뭇잎으로 만든
작은 카드들이 가득했어요.
한 아이가 자신이 만든 카드를 친구에게 내밀며 말했어요.
"이건 내가 만든 거야. 네가 좋아하잖아!"
그 아이의 작은 손길이 친구에게 기쁨을 안겨 주었답니다.
서툴지만 정성 가득한 그 행동에

친구의 얼굴은 환하게 빛났고,
교실은 웃음과 감동으로 가득했어요.

가을의 나눔은 이렇게 따뜻한 마음으로
모두를 풍요롭게 만들었어요.

헬렌 켈러,《헬렌 켈러 자서전》
"당신이 가진 것을 나누는 것은 마음속 등불을
켜는 것과 같다. 나누면 나눌수록 세상이 더욱 밝아진다."

레프 톨스토이,《사람은 무엇으로 사는가》
"사람은 사랑받고 사랑하며 살아간다.
진정한 사랑은 나누는 데 있다."

창밖 둥근달 공원에는 하얀 눈이 소복하게 쌓이고,
차가운 바람이 볼을 스치며 얼어붙은 세상을 감쌌어요.
책상 위 따뜻한 차 한잔을 손에 쥔 채 생각에 잠겼어요.
'앞으로 나는 어떤 길을 걸어가고 싶어 할까?'
나 자신에게 물어보았어요.

나는 독서를 통해 배우고, 그 배움을 나누는 사람이
되고 싶어요.
책을 펼치면 새로운 세상이 열리고,
거기서 얻은 지혜는 나만의 것이 아니라 누군가와 나눌 때
더 큰 의미를 갖는다는 걸 알게 되었어요.
지식은 쌓는 것에서 멈추는 것이 아니라,
그 배움을 사람들과 연결하는 것,
그것이야말로 진정한 배움임을 알게 되었답니다.

그리고 내가 지금까지 해온 일들은
결국 '동행'을 위함이었다는 걸 깨달았어요.
제가 했던 작은 일들이 모두 따뜻한 난로와 같았어요.
사람들의 마음에 온기를 전하는 시간이었죠.
아이들의 웃음, 조카의 작은 손,
때로는 누군가에게 전한 따뜻한 말 한마디가
얼어붙은 마음을 녹이는 난로였기를 바랄 뿐입니다.

그리고, 누군가에게는 마음의 길잡이이자
따뜻한 거울 같은 존재가 되고 싶기도 해요.
복잡하게 얽힌 감정을 혼자서는 풀어내기 어려울 때,

함께 실타래를 하나씩 풀어나가는 사람.
어떤 날은 조용히 들어주는 사람이 되고,
어떤 날은 한 걸음 나아갈 용기를 주는 사람이 되며,
또 어떤 날은 스스로 답을 찾을 수 있도록 방향을 비춰주는
등불이 되어주며,
정답을 주는 사람이 아니라 내면의 소리를 들을 수 있도록
도와주는 사람이 되고 싶답니다.
눈에 보이지 않던 감정의 파도를 알아차리게 하고,
혼자서는 보이지 않던 가능성을 발견하게 하는
사람이 되고 싶어요.

때로는 공감하는 친구처럼,
때로는 현명한 조언자처럼,
때로는 그저 따뜻하게 곁을 지켜주는 사람처럼 다가가며,
그 사람이 자신의 삶을 온전히 살아갈 수 있도록 돕는
존재가 되고 싶어요.
그게 바로 제가 되고 싶은,
그동안 '몽글이'가 속삭여 주었던,
'동행자'의 모습이에요.

나로 살아가는 기쁨

최수미

여전히 햇살이 따뜻한 아침.

벤은 아침밥을 먹는 둥 마는 둥 급히 먹고 공원으로 달렸어요.

할아버지를 만나기 위해서였어요. 만나자는 약속을 한 건 아니지만 오늘처럼 따뜻한 날에는 할아버지가 그 자리에 있을 거 같았어요.

벤은 할아버지를 처음 만난 이후로 알 수 없지만 할아버지가 궁금했어요.

'있다.'

할아버지를 발견한 벤은 속으로 뛸 듯이 기뻤어요.

한달음에 할아버지에게 달려갔어요.

여전히 할아버지는 눈을 감고 있었어요. 그런데 표정은 전과 다르게 편안해 보였어요.

벤은 할아버지의 시간을 깨고 싶지 않아 옆에 살며시 앉아 기다렸어요.

시간이 꽤 흘렀는데도 할아버지가 자신을 알아채지 못하자 벤의 인내심은 바닥을 내고

"음! 음!" 하고 헛기침을 했어요.

그제서야 눈을 뜬 할아버지는 따뜻한 미소로 벤에게 인사를 건넸어요.

"오! 왔니! 벤!"

"치…! 무슨 생각을 해요? 내가 왔는지도 모르고."

벤은 은근 서운한 마음이 들어서 볼멘소리를 했어요.

"나를 보고 있었단다."

"저요? 눈을 감고 계셨는데 저를 어떻게 보고 있었어요?"

"허허허. 미안하구나. 벤 너를 본 것이 아니라 내 자신을 보고 있었단다."

"할아버지 자신을요? 할아버지는 여기 앉아 있는데 어떻게 할아버지를 봐요?"

점점 알 수 없는 말에 벤은 고개를 갸우뚱했어요.

할아버지가 하는 말들을 이해할 수는 없었지만 벤은 할아버지와 이야기를 계속하고 싶었어요.

"할아버지가 저번에 말씀하신 그 따뜻함이요. 그건 어떻게 함
　께하는 거에요?"

할아버지는 그런 질문을 하는 벤이 기특했어요.

"그건 존재로 보여진단다."

"존재? 그건 뭐에요?"

"그저 있는 그대로지."

"있는 그대로인데 어떻게 따뜻함이 보여져요?"

"따뜻함을 지닌 사람은 누가봐도 알아볼 수 있지. 존재 자체
　로 빛이 나니까! 사람은 각자 자신의 빛을 내며 살아간단다.
　그 중에 따뜻함을 지닌 사람은 사람을 끌어당기지. 사람들은
　따뜻함을 좋아하거든. 자연스럽게 이끌리게 되어 있어."

"따뜻함은 누구나 가지고 있는게 아니에요? 그럼 그걸 갖기
　위해서는 어떻게 해야 해요?"

어린 벤의 날카로운 질문에 할아버지는 흡족해하셨어요.

"자신을 들여다 봐야지. 사람들은 자신을 들여다 보는 걸 두
　려워해. 결코 쉬운 일이 아니거든. 자신을 온전히 바라보고
　받아들이기까지 시간과 노력, 용기가 필요하지."

"용기까지요? 그렇게 힘든 거에요?"

"누구에겐 쉬울 수도 있고, 누구에겐 어려울 수도 있어. 그래
　서 도중에 포기할 수도 있고, 처음부터 피할 수도 있단다. 하

지만 괜찮아. 세상에 맞고 틀린 건 없으니까. 그만큼 자신의
그릇의 크기대로 살아가면서 나누면 된단다. 자신을 넘어가
는 사람만이 타인도 이해하고 품을 수 있지. 세상은 자신의
크기만큼 담을 수 있고 포용할 수 있는거야."

"그럼 할아버지가 함께하는 따뜻함은 뭐에요?"

"사람들과 연결하는 거지. 힘들 땐 위로의 말로, 어느 땐 공감
의 표정으로, 어느 땐 수수한 미소로, 그리고 또 어느 땐 그
저 토닥임으로, 그리고 눈빛으로…. 좋은 일 있을 땐 진심으
로 축하해주고, 함께 기뻐하고, 즐거워하고, 행복해하고…."

할아버지의 이야기를 듣고 있으니 벤은 힘이 빠졌어요.

"할아버지! 저도 따뜻함을 가지고 싶은데, 그럴 수 있을까요?"

"그럼! 당연하지! 벤! 자신을 채우고 소중히 여기면 된단다. 자
신 안에 있는 것을 함께하고 나누는 거야. 자신을 채우지 않
고 나누는 것은 소모되는 거란다. 그러면 시간이 지날수록
자신은 없어져 버리지. 따뜻함은 그런게 아니야. 내가 나를
온전히 바라보고 채우고 소중히 여기는 사람만이 다른 사람
도 소중히 여기고 대할 수 있단다. 그리고 그 관계는 서로 온
기를 가지며 오래도록 함께할 수 있는 거란다. 결국에는 화
합과 조화로움을 이루게 되는 거지."

할아버지의 말을 다 이해할 수 없었지만 벤은 궁금했어요.

"할아버지가 말하는 따뜻함은 무엇으로 만들어져요?"

"기특하구나! 그런 질문을 하다니. 따뜻함을 만들려면 내 안을
채우는 거지."

"내 안을 채워요? 뭘로 채워요?"

"사랑으로⋯."

"사랑? 어! 저 그거면 자신 있어요. 저는 엄마를 하늘만큼 땅
만큼 사랑하거든요!"

벤은 신나하며 말했어요.

할아버지는 신나하는 벤을 보며 가슴이 따뜻해지는 걸 느꼈
어요.

음악을 나누고 싶어졌어요

황다정

별들이 반짝이는 저녁.
'나는 반딧불' 노래.
나의 '룰루랄라'와 함께하는 시간.

'룰루랄라'는 나의 고등학생 시절,
기숙사에서 혼자 외로울 때 친구가 되어주었어요.
그리고 새로운 꿈을 꾸는 시간도 만들어 주었지요.

분홍빛으로 봄바람이 부는 봄날,
'룰루랄라'가 말했어요.
"다정아, 너와 함께 빛날 수 있어서 즐거워."

상큼한 레몬에이드가 생각나는 바닷가.
'룰루랄라'는 '나도 갈매기처럼 멀리 날아가고 싶어.'
라고 생각하는 듯했어요.

그리운 이가 생각나는 노을 지는 가을.
'룰루랄라'는 마음에 위로를 줄 수 있는 노래를 부르며
함께 밴드를 하고 있는 언니, 오빠들에게 줄 빵을 구웠어요.
귀도 즐겁고 배도 부를 수 있게 말이에요.

보송보송 흰 눈이 내리는 겨울.
'룰루랄라'는 깨달았어요.
밴드의 멤버인 언니, 오빠들에게
맛있는 빵을 나눠주었던 것은
즐거울 때나 슬플 때나 변함없이
함께 노래했던 즐거운 추억 덕분이라는 걸 말이에요.
그리고 삶의 이야기와 좋아하는 음악 이야기를
함께 나누었던 추억도 떠올랐지요.
'룰루랄라'가 앞으로 이루어 갈 목적 중 하나가
음악을 좋아하는 사람들과 이야기를 나누고 서로의 행복을
바라는 것임도 알게 되었어요.

'룰루랄라'는 다양한 사람들과 함께
음악을 나누고 싶어졌어요.
반복되는 삶에 지치고 마음에 위로가 필요한 사람들이
함께 음악을 하며 힐링과 격려를 얻어갔으면 좋겠어요.

'룰루랄라'의 진짜 이름은 '베이스 기타 연주'입니다.

존재에게 감사했을 때

황수정

'꼼지락꼼지락'은 내가 낙심하고 있던 시절,

나에게 큰 힘이 되어준 친구예요.

시간이 얼마나 흘렀는지도 잊은 채,

할 수 있다는 기쁨과 희망, 감사, 용기를 선물로 주었어요.

살랑거리는 바람, 따뜻한 커피 한 잔이 생각나는

어느 봄날이었어요.

'꼼지락꼼지락'이 말했어요.

수정아. 넌 대단해. 더 잘 할 수 있어!

새들이 쉬었다 가는 나무 그늘 아래서 '꼼지락꼼지락'은

'나도 잠깐 쉬었다 가자.' 생각하며 하늘을 바라보았어요.

빨갛게 빨갛게 물들었네~ 동요가 생각나는 가을.
'꼼지락꼼지락'은 사랑하는 이들에게 자기가 만든 것을
보여주고 선물했어요.

어묵탕이 생각나는 추운 겨울.
따뜻한 이불 속에서 갑자기 떠오른 말이 있었어요.
"수정아, 대단해. 넌 할 수 있어!"
그리고 깨달았어요.
내가 친구들에게 예쁜 선물을 할 수 있었던 것은
나에게 용기를 준 친구들이라는 존재가
감사했기 때문이라는 사실을요.
나와 '꼼지락꼼지락'은 자신과 함께해 주었던 친구들에게
감사했어요.

'꼼지락꼼지락'의 진짜 이름은 '악세사리 만들기'입니다.

제3장

내일의 나 :
다시금 뚜벅뚜벅

아픈 감정, 아픈 말은
나를 알아차릴 수 있는 좋은 도구다.
내 마음의 소리를 뚜렷이 알아차리고
다시금 뚜벅뚜벅 내일을 걸어가자.

똥깡쉐이

강승구

"맨날 놀기만 하지 말고 공부해라."
친구와 놀러 나갈 때마다 할머니는 이렇게 말씀하셨어요.
'똥깡쉐이'는 할머니에게 이런 말을 들을 때마다
저 밑바닥에서부터 짜증이 치밀어 오르는 것 같았어요.

수많은 변명과 함께
근래 조금이라도 공부했던 시간들을 떠올리며
할머니 말씀은 옳지 않다고 생각했어요.
그래서 할머니에게 짜증을 내고 친구랑 놀러 나갔지요.
그렇지만 늘 나가고 나면 얼마 되지 않아
치밀어 올랐던 짜증이 곧장 죄송함으로 바뀌었어요.

그런데 어느 순간부터 어떤 사람이 '똥깡쉐이'에게
'맨날', '매일' 이런 단어를 섞어서 말을 할 때마다
'나에 대해서 알지도 못하면서 그러네.'라는 생각과 함께
그 말을 흘려듣는 버릇이 생겼어요.
그리고 그 사람에 대해 짜증이 났지요.

"스스로를 먼저 되돌아보아라."
모든 것을 남탓으로만 여기던
'똥깡쉐이'의 뇌에 박힌 한 마디,
체육 선생님께서 해 주신 말씀이었지요.
이 말 한마디 덕분에 '똥깡쉐이'는
스스로를 바라보는 법을 알게 되었어요.
이제는 상대가 뭔가 이상해 보여 짜증이 날 때는
'내가 오늘 예민한 것은 아닐까?' 스스로에게 질문하며
자신의 마음의 시선에 문제가 있었던 것을
알아차릴 수 있었어요.
그 사람이 바뀐 게 아니고
자신이 바뀐 걸 수도 있다는 것 또한 알게 되었지요.

'똥깡쉐이'는 앞으로도 스스로를 먼저 바라보기로 했어요.

‘똥깡쉐이’의 발자국은 자신이 만들어 놓은
과거의 흔적이 참 아름답다 여기며,
앞으로도 자신을 바라보리라 다짐했지요.

살랑살랑 봄바람이

강지은

"너는 왠 엄살이 그렇게 심하니!"
징징이가 아프다고 하면 엄마는 귀찮다는 듯
대수롭지 않게 말하며 그 자리를 피했어요.
그 순간, 징징이의 마음은 꼭꼭 숨겨진 작은 불씨처럼
서서히 타들어 갔어요.

'나는 아파도 참아야 해.
 바쁜 엄마를 귀찮게 하면 안 돼.'
징징이는 '씩씩한 딸'이 되어야만 엄마의 사랑을
받을 수 있다고 믿었어요.
엄마의 표정과 말투를 살피며

어떻게 하면 엄마를 덜 힘들게 할 수 있을까 고민했어요.
그러나 마음 한편에서는 설명할 수 없는
서운함과 외로움이 쌓여 갔지요.

시간이 흘러 어른이 되었을 때,
어떤 사람이 징징이의 말을 잘 들어주지 않거나
반대 의견을 말하면
'나를 싫어하나?' 라는 생각이 들며
가슴이 철렁 내려앉았어요.
그 감정은 어린 시절부터 쌓여 있던 것처럼
깊고도 익숙했어요.
그러다 보니 마음 한구석에는
'너 때문에 내가 힘든 거야.' 라는 원망과 분노가
점점 쌓여 갔어요.

어느 날, 살랑살랑 봄바람이 징징이에게 쪽지를 주었어요.
쪽지에는 이런 메모가 적혀 있었어요.

'누군가를 도와주세요.'

징징이는 쪽지 속의 주소를 따라가 학생들을 만났어요.
그 아이들의 이야기를 가만히 들어주었어요.
말하고 있는 아이의 모습에서
징징이는 어린 시절의 자신을 보았어요.
그 누구도 징징이의 이야기를 들어주지 않았던,
어린 징징이의 외로운 눈동자를 떠올렸어요.

징징이는 아직도 다른 사람이 자신과 다른 의견을 말하면
혼란스럽고 힘들어요.
하지만 이제는 억울하고 답답한 감정이 밀려올 때마다
'나에게 무슨 일이 있었던 걸까?' 질문하며
진짜 나의 감정을 찾는 연습을 해요.

징징이는 다른 의견을 말하는 사람이 싫었던 게 아니었어요.
사실은 자신이 거부당하고 부정당할까 봐 두려웠던 거였어요.
어린 시절, 마음껏 토닥임을 받지 못했기 때문이지요.

징징이는 앞으로도 자신의 마음을 자주 들여다보고,
감정을 솔직하게 표현해 보려고 해요.
그리고 이제는 스스로에게 말해요.

"힘들었던 너의 마음을 이제야 찾아주었구나.
이제부터라도 따뜻하게 안아 줄게."
징징이의 발자국에서 살랑살랑 봄바람이 불어오네요.

곰순이의 결심

김민주

"아무리 생각해도 못 가겠어."
초등학교 졸업식에 바빠서 못 오신다는 엄마의 말,
투정 한 번 못 부리고 풀이 죽은 곰순이.

곰순이는 엄마의 말에 눈물이 났어요.
'어두운 골목길, 솜이 터져 버려진 곰순이가 혹시
나는 아닐까?' 하는 생각에 두려움이 몰려왔어요.

'엄마는 일이 많으니까 늘 바쁘시구나.
 정말 중요한 일 아니면 내 일은 스스로 해야지.
 그래야 우리 엄마가 좀 편하실 거야.'

곰순이는 스스로 할 일을 하는 것이
엄마를 기쁘게 해 드리는 거라는 생각을 했어요.
그렇게 곰순이는 바쁜 엄마에게 투정 부리지 않는 착한 딸,
친구들보다 일찍 철이 든 애어른이 되었어요.

그렇게 시작된 착한 아이 콤플렉스 때문에
곰순이는 투정 부리는 친구들을 보면 화가 났어요.
'매일 엄마랑 같이 있는데 무슨 불만이 저렇게 많아?'
모든 것을 자신의 기준에서 해석하는 마음을 만났어요.
곰순이는 엄마와 함께 있는 친구들이 자꾸 미워지는
자신의 깊은 내면을 들여다봤어요.

"너 진짜 괜찮니? 그동안 얼마나 외롭고 겁이 났어?"
빨간 칸 안에 글자로 채워진 원고지가
곰순이에게 다가왔어요.
다정한 원고지의 질문에 얼어 있던 곰순이의 마음은
봄이 되었어요.
"힘들 땐 언제든 나를 찾아 와."
곰순이를 향해 마음을 열어 준 원고지는
자유롭게 하늘을 나는 비행기 같았어요.

곰순이는 자라면서 알게 되었어요.
외로움은 자신에게 책임감을 선물해 주었다는 것을요.
같은 공간에 있지 않아도 서로 사랑하는 마음은
변하지 않는다는 것도요.
그렇게 성숙해져 가는 곰순이는
오늘도 엄마랑 티격태격할 수 있어서 감사했어요.

'내 마음을 먼저 챙겨 볼 거야.'
곰순이는 결심했어요.
가벼워진 곰순이의 발자국에서
봄날 꽃향기가 날 것만 같았어요.

무무의 행복

김보승

"엄마한테 잘 해라. 네 엄마 같은 사람 세상에 없다."
가끔 만나는 삼촌의 말에 무무는 짜증이 났어요.
무무는 삼촌을 만날 때마다 이런 소리를 듣게 될까 봐
자리를 피했어요.
'내가 얼마나 엄마를 좋아하고 잘하고 있는데
 삼촌은 내 마음도 모르면서.'
무무는 삼촌이 자신을 싫어한다는 생각에 속이 상했어요.
그렇게 삼촌이 불편해지면서,
무무는 잔소리하는 사람들이 있으면 피하고 싶었어요.

"잘 생각해 봐. 너에게 하는 말이 다 잔소리 같아?"

맑은 바다가 무무에게 물었어요.
"아니, 다 그런 건 아니야.
 나는 진짜 엄마를 좋아하거든.
 그리고 엄마한테 잘하려고 애쓰고 있는데
 자꾸 잘하라고 하니까 너무 억울하고 속상해."
맑은 바다는 아무 말 없이 무무를 안고 토닥여 주었어요.
그리고 지금도 잘하고 있다고 응원해 주는 친구가 되었어요.

무무는 조금 더 시간이 흐른 뒤 깨달았어요.
'어른들이 하는 말이 잔소리가 아니라
 나를 생각하는 말이구나.'
삼촌이 자신을 아끼는 마음도 알게 되었어요.
무무는 그렇게 가족들의 사랑을 받으면서 행복했어요.

누군가 자신에게 충고를 해 주면,
무무는 마음과 행동을 한 번 더 되돌아 보아야겠다고
결심했어요.
무무의 발자국이 말을 걸어왔어요.
"너에게 엄마는 어떤 존재야?"라고요.

신비로움

김선영

빨간 장미꽃이 가득 핀 꽃밭에서
신비는 친구들과 술래잡기를 재미있게 하고 있었어요.
갑자기 친구들이 신비에게 소리쳤어요.
"너는 성격이 좋지 않아!"
신비는 너무 억울하기도 하고 화가 났어요.

그날 이후로 신비는
친구들에게 이런 말을 들을 때마다
얼굴이 빨개지며 눈물이 글썽거렸어요.
신비는 혼자 있을 때면
'내가 친구들에게 나쁜 짓을 한 건가?'

'나는 성격이 좋지 못한 아이인가 봐.'라는
생각을 자주 하게 되었어요.
그러다 보니 새로운 친구들에게 다가가는 것을
쉽게 포기해 버렸어요.

어느 날, 풀이 죽어 있는 신비에게
토끼가 다가왔어요.
"진정한 너의 마음을 들여다 봐."
신비의 마음을 잘 이해해 주는
따뜻한 마음을 가진 친구 은비였어요.

은비는 신비에게 함께 달려보자고 말했어요.
신비는 은비가 뒤처지면 기다려 주고,
넘어지면 일으켜 주며 함께 손을 잡고 뛰어가는
배려심이 많은 자신을 발견했답니다.

'나는 지금 무슨 생각을 하고 있는 걸까?'
신비는 다시 곰곰이 생각해 보았어요.
그리고 이내 알게 되었지요.
자신이 친구를 사랑하는 마음은 진짜라는 것을요.

"나는 성격이 나쁜 것이 아니야!
 그리고 친구들도 나를 무척 좋아해."

이제 신비는 친구들을 멀리하고 피하고 싶을 때마다
마음을 활짝 열고 달리기로 헸어요.
자신의 마음을 먼저 토닥여주는 것,
자신에게 계속 질문해 보는 것,
좋은 친구들을 사귀는 것이 참으로 중요하다는 것을
알게 되었답니다.

"신비야, 참 잘하고 있어."
그동안 신비를 지켜보고 있던 신비 발자국의 목소리였어요.

행복한 사람으로 거듭났어요

김애자

콩이가 어릴 적, 콩이 아빠의 직업은 공무원이었어요.

그리고 부잣집 외동아들이셨지요.

콩이 할아버지는 동네 사람들 빚보증을 많이 서주셨대요.

보증 선 사람들이 빚을 갚지 못하자

할아버지가 대신 갚아줘야 했어요.

콩이네 가정 형편은 어렵게 되었어요.

대궐 같은 집에서 살던 콩이네는

허름하고 초라한 집으로 이사를 갈 수밖에 없었어요.

콩이 아빠는 그 상황이 견디기 힘들어

술을 마시기 시작했어요.

직장도 그만두게 되었지요.

술을 마시는 날에는 매번 엄마를 괴롭혔어요.
욕도 하고 폭력도 쓰면서 말이에요.
콩이는 엄마가 불쌍했어요.
마음도 아프고 슬펐어요.
아빠로부터 엄마를 보호하고 싶었지만
어린 콩이는 그럴만한 힘이 없었어요.
무서운 아빠 앞에서 아무것도 할 수 없는 자신이 싫었어요.

콩이가 중학교에 다니던 어느 날이었어요.
친구가 똑딱이 단추를 가져왔는데 단추가 없어진 거였어요.
친구는 똑딱이 단추를 훔친 사람이 콩이라고 생각했어요.
'똑딱이 단추를 훔친 범인은 콩이야.' 라고
적힌 쪽지를 친구들에게 돌렸지요.
콩이도 그 쪽지를 보게 되었어요.
콩이는 너무 화가 나고 억울했어요.
교회에 다니던 콩이는 친구에게 말했어요.
"하나님은 내가 훔치지 않았다는 것을 알고 계셔.
나는 훔치지 않았어." 라고 말이에요.
하지만 친구는 콩이의 말을 믿지 않았어요.

이런 사건들을 경험하며 어린 시절을 보낸 콩이는
사람들이 콩이에게 큰소리치거나 화내는 것을
무척 싫어했어요.
하지 않은 말이나 행동을 했다고 우기는 것도요.
콩이 혼자 힘들어하는 날이 많았지요.

세월이 흘러 콩이는 육십이 넘은 나이가 되었어요.
콩이는 어릴 적 동네 친구들과 모임을 갖곤 했지요.
콩이는 그 모임에서만큼은 친구들의 부러움을 살만했어요.
돈이 있었고 공부도 열심히 했거든요.
그리고 노래를 잘하고 예쁘다는 말도 들었어요.
그래서 여자 친구들에게 질투의 대상이 되기도 했지요.
친구 중 한 명이 의도적으로 콩이를 비난하기 시작했어요.
콩이는 너무나 속상했어요.
하지만 콩이는 친구에게 다가가 자신의 결백을 말하고
화해를 하자고 했어요.
하지만 친구의 비난은 그치지 않고 계속되었어요.
콩이는 그 모임에서 자신이 함께하는 것은 거기까지라는
결론을 내렸어요.

그 후 콩이는 긍정적인 에너지를 소유한 사람들과

만남을 갖게 되었어요.

대부분 글을 쓰는 작가님들이었지요.

콩이는 작가님들과 함께하면서

새로운 세상을 만나게 된 거예요.

공저를 출간하고 개인 저서 출간도 준비 중에 있답니다.

글쓰기는 콩이의 마음에 힐링을 주었고

상처를 치유해주는 귀중한 일이 되었어요.

콩이는 이제 밝은 에너지가 생겼어요.

삶이 즐거워요.

작가님들과 만남을 갖고 글을 쓰는 일들이

너무 귀하기 때문에 하루하루 감사하며 살아간답니다.

하나님이 콩이에게 주신 귀중한 선물이라고 생각하지요.

콩이는 이제 글을 쓰며 행복한 사람으로 거듭났어요.

그리고 앞으로도 좋은 글을 많이 써서

사람들의 상처를 싸매어주고 위로해주는

멋진 작가로 성장하고 싶은 꿈도 생겼답니다.

두 명의 빵숙이

김영숙

"뱁새가 황새 따라가면 다리 찢어진다."
"못 오를 나무는 쳐다보지 마라 했다고.
 그러다가 가랑이 찢어진다."
"날개도 없는 것이 날아 오르려 하느냐!"
친구들과 놀다가 집에 들어가면
엄마는 빵숙이에게 마구 퍼부었습니다.

"암탉이 울면 집안이 망한다고, 어렸을 적부터 그리 울어
 싸대더니 집에 좋은 일이 생기겠어?"
"지 애비 잡아먹은 년."
빵숙이는 "지 애비 잡아먹은 년."이라는 말이

너무 무서웠어요.

그대로 얼음이 되어 아무 말도 하지 못했어요.

그것은 사실이었거든요.

빵숙이 아버지는 눈보라 치는 추운 겨울날,

바다에서 사고로 돌아가셨어요.

'그래 맞아, 나 때문이야, 나 때문에 아버지가 돌아가셨어.

　내가 그리 심하게 울지만 않았어도,

　내가 나쁜 말을 하지만 않았어도 사고가 나지 않았을 텐데….

　아버지가 돌아가시지 않았을 텐데…."

엄마의 '지 애비 잡아먹은 년'이라는 말은

어린 빵숙이의 심장에 박혀 버렸어요.

그 말은 빵숙이를 따라 다니며 죄책감을 느끼게 하였고

어느 누구에게도 말할 수 없었어요.

그런 날은 너무 슬퍼서 남몰래 혼자서 눈물을 흘리곤 했어요.

빵숙이는 수업시간에도 아버지 생각만 하면

눈물이 주르르 흘렀어요.

그리고 아버지가 살아계셨으면 좋겠다는 상상을 했어요.

아버지가 북한의 간첩이라도 좋을 것 같았어요.

길거리 술주정뱅이여도 아버지가 살아 계시면 좋겠다고

생각했어요.

어느 순간부터 사람들과의 관계에서 빵숙이는
자신이 해야 할 말도 하지 못하는 자신을 발견했어요.
남들의 부탁은 잘 들어주면서도 상대방에게 도와달라고
말하지 못했어요.
앞에 나서서 해야 하는 일에도 적극적이지 못하고
뒤에서 따르는 일만 했어요.

'혹시 내가 어떤 말을 해서 그 일이 잘못되거나 사고가 나면
 나 때문에 일어난 것이 아닐까?' 하고
두려움 속에서 살아갔어요.
사람들이 하는 말에 질문을 하고 싶어도
마음속으로 수십 번을 망설이다 그만 두었어요.
빵숙이는 그런 자신이 밉고 싶었어요.
자신의 생각을 말하지 못하는 바보라고 생각했어요.

왜 이렇게 화가 나지?
무엇 때문에 화가 나는 걸까?

빵숙이는 공부를 하면서 하나씩 하나씩
자신의 감정을 들여다보기 시작했어요.

빵숙이는 자신의 생각과 감정에 솔직하지 못했음을
알게 되었어요.
버림 받을까 봐 불안했던 마음,
무섭고 위로받지 못했던 감정을 발견하게 되었어요.
마음 속에서 살고 있는 어린아이를 마음껏
토닥여주지 못했던 것도 알게 되었어요.

빵숙아, 사랑해.
너는 아무 잘못이 없어. 네 탓이 아니야.
그동안 얼마나 무섭고 힘들었니.
미안해.
그리고 사랑해.

빵숙이는 어린 빵숙이의 심장을 어루만지며 용서를 구했어요.
빵숙이는 어린 빵숙이를 안고 한참을 울었어요.
그리고 스스로 엄마가 되어 어린 빵숙이를
사랑하고 돌보기로 했어요.

빵숙아, 이젠 내가 네 엄마가 되어 너를 사랑해줄게.
빵숙아, 사랑해.

넌 너무 귀엽고 사랑스런 아이야.
빵숙아, 힘내!

어른 빵숙이와 어린 빵숙이는 서로의 발자국을 바라보며
오늘도 미소짓고 있답니다.

에라 모르겠다

백송하

"내가 전생에 무슨 죄를 지었길래."
뽀송이는 엄마에게 이런 말을 들을 때마다 마음에서 끙끙 소
리가 나는 것 같았어요.
그리고 엄마를 안아주고 싶었어요.

'우리 엄마는 상처를 많이 받은 사람이구나. 나는 엄마에게
 상처를 줘서는 안 돼. 내가 엄마를 얼마나 사랑하는지 보여
 줄 거야.'
뽀송이는 엄마에게 사랑을 마음껏 주어야겠다고 생각했어요.
엄마는 자주 말했어요.
"생선 몸통은 항상 너희 줬어."

엄마한테 생선 몸통보다 더 큰 사랑을 줄 거예요.

시간이 흘러 흘러 어느 순간부터 뽀송이는 힘들어하는 사람들을 보면 '어? 내가 도와줘야 하나?'라고 생각하는 버릇이 생겼어요.
뽀송이의 도움 없이 해결할 수 있는 상황에도 뽀송이는 눈치를 보며 이러지도 저러지도 못하다가 혼자 상처 입은 적이 많았어요. 그리고 뽀송이의 도움을 받아 고마워하는 사람에겐 자신이 더 고맙고 뿌듯했어요.

"뽀송아, 안녕?"
어느 날, 뽀송이는 '글'이라는 친구를 만나게 되었어요. 참 예쁘게 생긴 친구였지요. 친해지고 싶었지만 '글이 나를 좋아해줄까?' 걱정스런 마음이 들었어요.
"괜찮아, 뽀송아. 나는 마음이 넓거든. 너의 모든 이야기를 다 들어줄 수 있단다."
당당한 글 친구의 말에 뽀송이는 볼펜을 손에 쥐었어요.
"뽀송아, 너의 글을 읽게 되어 기뻐."
"뽀송아, 나와 비슷한 경험이 있구나."
뽀송이는 사람들의 공감 어린 말에 마음이 솜사탕같아졌답니다.

'이야! 나의 모든 걸 받아주는 글 친구는 참 멋지구나. 나도 글
친구처럼 당당해져서 나와 사람들에게 진짜 도움을 줄 수 있
는 사람이 되고 싶어.'

뽀송이에게 작은 소망이 생겼어요.

아직도 뽀송이는 눈치를 보며 살고 있어요.

하지만 이제는 '저 사람은 이 문제를 혼자서도 해결할 수 있
어. 나는 나를 챙기자.'라고 생각하는 연습을 하게 되었어요.

뽀송이는 '저 사람이 나를 미워하지 않을까?'라는 걱정보다
'에라, 모르겠다. 내가 제일 소중해.'라고 계속 생각했어요.

뽀송이는 남의 부족함을 채워주기보다 자신의 마음을 먼저 들
여다보며 자신에게 손 내미는 사람들이 있다면 그들을 도와주
기로 했어요.

뽀송이와 함께 했던 발자국이 말했어요.

"스스로의 마음을 먼저 지켜주면서 혼자가 아닌 우리를 선택
하려는 너의 성장을 응원해."

환한 마당

서옥남

토끼풀을 뜯어 먹으며 늘어지게 하품을 하는 송아지의 커다랗고 순박한 눈이 껌벅거려요. 마을 시냇가는 동네 아이들의 물놀이장입니다. 초여름부터 내리쬐는 햇빛에 반짝이는 물은 마을 아이들의 물장난치는 소리와 새소리에 하모니를 만들어요.

"…. 올봄에 호랑이한테 잡혀갔데."
"동네 사람들이 찾으러 올라갔는데 옷가지만 발견했다카네."
"에구, 절대 혼자 다니면 안되는기라!"
지게를 짊어지고 시냇가를 건너는 어른들의 이야기가 냇가에 앉아있는 순이에게 희미하게 들려왔어요. 순이는 껌벅거리는 송아지의 눈을 바라보며 방금 지나간 마을 어른들의 말을 곱

씹었어요. 송아지의 커다란 눈망울이 호랑이의 번쩍거리는 눈
망울을 닮은 듯했어요.

오늘도 순이는 해가 넘어가는 것을 보며 걱정했어요. 마을 일
을 도와주며 품삯으로 아빠를 도와 집안에 보탬을 주는 엄마
가 아직 돌아오지 않았거든요. 순이는 며칠 전 어른들의 이야
기가 떠올라 가슴에 돌덩이가 쌓여가는 것만 같았어요.

순이네 집은 팔공산 뒷자락, 깊고 길게 펼쳐진 마을에 속해 있
었어요. 산사태가 나서 크고 작은 바위들과 돌멩이가 많은 마
을이었지요.
순이는 해님과 달님 동화를 떠올리며 엄마가 무사히 돌아오시
기를 기도했어요. 늦게 까지 돌아오지 않는 엄마가 호랑이한
테 잡혀갔을까 봐 덜컥 겁이 났어요. 동생과 둘이서만 남겨지
게 되면 어떡하나 싶기도 했어요.

저 멀리 시냇가를 건너오는 엄마가 보였어요. 작은 몸집에 커
다란 보따리를 이고 희미하게 자신의 그림자를 받으며 말이에
요. 순이의 가슴 속에 쌓여가던 돌덩이가 한 순간에 무너지더
니 눈물이 시냇물처럼 흘러 내렸어요. 엄마가 너무나 반가웠

어요.

"엄마, 왜 이제 와요. 얼마나 기다렸는데요."

"귀찮게 왜 이리 엥기려 그래. 엄마 많이 피곤해. 잠시 숨돌렸다 밥 먹을 준비해야지."

엄마는, 반가움으로 품에 안기려 달려드는 순이의 발걸음을 밀어내었어요.

"무서웠단 말이에요. 호랑이가 엄마를 잡아가면 어떡하나 싶었다고요."

"무섭긴 뭐가 무서워. 호랑이 안 나와."

엄마를 애타게 기다리고 있던 순이의 마음을 몰라주며 엄마는 여전히 성가시다는 듯 말했어요.

'내가 얼마나 무서웠는지, 내가 얼마나 엄마를 기다렸는지 모르시나 봐. 나는 엄마한테 귀찮고 성가신 아이인가?'

그날 이후 순이는, 누구에게도 먼저 달려가서 안기거나 하고 싶은 말을 잘하지 않았어요.

많은 달과 날이 흘러 갔어요.

어느 날이었어요. 무서움과 두려움에 떨면서 간절히 기다린 우리들을 엄마는 왜 밀어냈을까 하는 의문이 풀렸어요. 엄마는 집에 돌아오자 또다시 가족들을 위해 어질러진 집안을 정

리하며 저녁을 준비하기 바쁘다는 것을요. 엄마의 모든 생각
과 마음은 우리들에게 향해있다는 것을요.

다음날도, 그다음 날도 여전히 엄마는 일손이 부족한 윗마을
에 일하러 갔어요.
그럴 때마다 엄마가 돌아오기만을 기다리는 순이였어요.
"언니, 엄마 언제 와?"
엄마를 찾는 동생을 바라보며 깨달았어요. 엄마는 반드시 우
리 곁으로 돌아온다는 것을요. 그리고 엄마가 말한 것처럼
호랑이가 엄마를 잡아가지 않는다는 것을요.
순이는 다짐했어요. 동생을 잘 돌보는 언니가 되겠다고요. 그
리고 엄마의 입가에 미소를 안겨주고 싶다고요. 순이는 열심
히 공기놀이를 하고 있는 동생을 보며 말했어요.
"고무줄 놀이랑 공기놀이 그만하고 우리가 엄마를 기쁘게 해
　줄 수 있는 일을 찾아 해보자."
"우리 펌프 놀이 해볼까?" 흙먼지 묻은 손을 톡톡 털고 일어
　서면서 동생이 말했어요.
"좋아, 내가 마중물 넣을게. 언니가 펌프질해서 물 길어 올려."

마중물을 성공한 동생은 "와, 물이 나온다!" 외치며 환한 미소

를 지었어요. 그 미소는 달덩이처럼 환했어요. 둘의 웃음소리
와 물 쏟아지는 소리는 조용했던 마당을 꽉 채웠어요. 어느새
물은 한 대야 가득 넘쳐났어요. 순이와 동생은 그 물로 우물가
옆에 담겨있는 그릇들을 씻었어요. 그리고 마당을 쓸어보기로
했어요.

엄마, 아빠가 집으로 들어설 때 깨끗하고 환한 마당으로 반겨
주고 싶었거든요.
이제 순이는 무서워할 이유가 없었어요. 사랑하는 엄마를 위
해 무언가 하고 있음에 입가에 미소가 퍼졌어요.
아마 순이는 자신의 도움이 필요한 사람들에게 다가가 미소를
선물해주는 어른으로 자랄 거예요. 가벼워진 순이의 발자국을
보면 알 수 있어요.

푸른 풀밭의 두꺼비 그리고 그분

신시옥

"나 없이 잘 살아 봐."
시골에서 육 남매를 키우며 시집살이했던
엄마의 잦은 넋두리.
두꺼비는 엄마에게 이런 말을 들을 때마다
살얼음판을 딛고 있는 것 같았어요.
엄마가 장에 갔다 늦게 오시는 날에는 동구 밖에 나가
눈이 빠지도록 기다렸지요.
꿈에 보따리를 싸서 도망가는 엄마를 붙들고
울다가 깬 적도 있어요.

비 오는 날은 엄마가 일하러 가지 않으니 좋았어요.

'친구나 가족들이 나를 떠나면 어쩌나?'
어느 순간부터 두꺼비는 불안감에 시달렸어요.
그리고 자신의 기분보다 타인의 기분을 맞추기에
전전긍긍했어요.

두꺼비가 여고생이던 어느 날,
작은 울타리 안에서 맴돌던 두꺼비에게
우주보다 넓은 에너자이저가 찾아와 손을 잡아 주었어요.
"두껍아! 너는 나의 사랑하는 어여쁜 자란다.
내 손 잡고 영원히 함께 가자."
두꺼비는 그분의 넓은 품에서 푸른 풀밭을
마음껏 뛰어다녔어요.

아직도 두꺼비에게는 헤어짐에 대한 두려움이
가끔 찾아옵니다.
하지만 이제는 두려움의 정체를 알아차리게 되었어요.
어린 시절 엄마가 떠날까 봐 불안하고 두려워했던 마음을
보듬어 주지 못했기 때문에 그런 거라고요.

"두껍아! 이제 괜찮아."

두꺼비는 앞으로 헤어짐을 담담하게 받아들이기로 했어요.
마음속에 언제나 자신을 사랑하고 응원하고 지지하는
에너자이저가 함께하니까요.
두꺼비는 그분과 함께 아름다운 발자국을 남기며
살아가게 될 거예요.

찬찬히 내딛기로 했답니다

유명순

"부지런해야 해."
"논에 잡초가 무성하면 게으르다고 남들이 욕한다."
부지런히 잡초 뽑으시고 온 정성으로 농사하셨던
아버지의 모습이 떠올라요.
허리 굽혀 벼를 베고 볏단을 옮기시던 모습이 눈에 선해요.

"좀 더 자고 싶어요."
어린 똑순이는 아버지께 늘 투정을 부렸어요.
그럴 때마다 아버지는 크게 웃으셨어요.
"하하하! 우리 똑순이가 일어났네."
새벽에 일어나신 아버지는 새끼를 많이 꼬아 놓으셨어요.

똑순이는 아버지께 기쁨을 주고 싶었어요.

세월이 흐른 후 어느 날, 똑순이는 언니가 되었어요.
아버지는 하늘나라에 가셨지만 늘 마음 속에는
아버지가 계셨어요.
부지런함이 몸에 밴 똑순이는 행동이 빨랐어요.
느린 행동을 보면 답답하기도 했지요.
그래서 상대방의 시간에 맞추어 기다려 주어야 하는데,
그만 똑순이가 먼저 해 버릴 때도 있었답니다.

함께 사역하셨던 박 목사님이 사임하시며
부드러운 목소리로 똑순이를 부르셨어요.
"말씀드릴 것이 있어요. 너무 서두르지 마세요."
"네. 감사합니다."
똑순이는 조언에 감사한 마음이 들었어요.

그 후 똑순이는 성급한 자신을 돌아보고 심호흡하는 것을
습관으로 만들었어요.
마음을 다독이며 책을 만날 때에는
차분함도 느끼게 되었지요.

자신을 알아차리고 몸을 쉬게 하고
시간도 여유롭게 받아주고 있어요.
똑순이는 인식하고 조절할 줄 아는 언니 명순이가 되었어요.

"그때는 그랬구나."
지금 명순이는 어린 시절 똑순이를 자주 다독이며
이야기해 주고 있어요.
그리고 기도를 드린답니다.

'주여, 오늘도 인도하소서.'
'이 딸은 연약해요. 도와주셔요.'

이제 자신을 찬찬히 들여다보는 노력과 함께
열심히 살아온 시간들을 인정하며
한 발 한 발 찬찬히 내딛기로 했답니다.

음악 같은 사람

이소명

'도레미'는 노는 것을 좋아하는 아이였어요.
하지만 도레미가 놀러 나갈 때마다
도레미의 엄마는 가끔 괴물로 변해 도레미에게 말했어요.
"공부 좀 해라."
도레미는 엄마에게 이런 말을 들을 때마다
몸과 마음에 번개가 내리치는 것만 같았어요.

'공부는 엄마를 행복하게 하는 것이구나.
나는 엄마를 힘들게 하는 사람이 되면 안돼.'
도레미는 '착한 아들'로 살아갈 거라고 다짐했어요.
도레미는 엄마를 행복하게 해 드리기 위해

열심히 공부했어요.
그런데 중학생이 되고부터,
열심히 공부를 해도 성적이 잘 나오지 않았어요.
'내가 무엇을 잘못한 거지?'
도레미 자신에게 실망하는 버릇이 생겨 버렸어요.
공부에 대한 열등감도 생겼지요.

어느 날,
어디선가 음악소리가 들려왔어요.
음악은 도레미에게 주유소 같았어요.
공부하다 지치면 음악을 들으며 활력을 되찾았지요.

'음악이란 건 참으로 신비롭구나.'
도레미는 공부가 재미있어졌어요.
성적도 예전보다 잘 나왔고요.
그리고 이제는
음악이 없어도 공부에 집중을 잘하게 되었어요.

도레미는 한 가지 다짐을 했어요.
"누군가 좌절하고 절망하고 있을 때

나는 그 사람을 다시 일으켜주는
'음악 같은 사람'이 되어야지."라고 말이에요.
도레미의 발자국이 악보처럼 보이는 오늘이랍니다.

노력이와 노력이가 만나는 순간

이순자

"너 지금 당장 집에 갔다 와!"

노력이는 학교에서 공부를 하다말고 담임선생님의 불호령에 집으로 갔어요.

"엄마, 육성회비 300원 가져오래요."

"내가 돈이 어디 있노? 느그 엄마 팔아서 가져가거라."

노력이는 엄마한테 돈을 달라고 하면 야단을 맞게 된다는 것을 알게 되었어요.

담임선생님은 그 다음에도 노력이를 세 번이나 집으로 보냈어요. 노력이는 집에 가서 엄마한테 육성회비를 달라고 차마 말할 수 없었지요. 하지만 다시 교실에 들어가면 선생님한테 혼이 날 것 같았어요. 어쩔 수 없이 노력이는 혼자 길가에 앉아서 학교 수업이 끝날 때까지 지루한 시간을 보냈어요.

그때 노력이의 마음은 앙상한 나뭇가지 같기도 하고, 비 맞은 강아지처럼 쓸쓸하기도 했어요.

노력이는 엄마가 자주 화를 낸다고 생각했어요. 목소리가 커서 꼭 야단을 치는 것만 같았어요. 엄마의 마음을 기쁘게 해 드리고 싶어서 심부름도 잘하고 공부도 열심히 했지요. 그리고 졸업할 때까지 육성회비 이야기는 엄마에게 하지 않았어요.

그런데 어느 순간부터 노력이에게 이상한 증상이 나타났어요. 누군가 큰 소리로 말을 하면 불안해지면서 마음을 방망이로 두드리는 듯했어요. 게다가 '내가 뭘 잘못한 걸까?' 자책하는 버릇도 생겼지요. 사람들이 실수한 일이 있거나 바르게 행동하지 않는 점을 찾아내어 이야기를 꼭 해주는 습관도 생겨버렸어요.

노력이는 마음속 진짜 감정을 찾아보기로 했어요.

그때 엄마는 노력이에게 화를 낸 것이 아니었어요. 노력이의 말을 들어주고 싶지 않은 게 아니었어요. 그 시절 엄마는 배고파하는 자녀들을 볼 때 불쌍하고 안쓰러운 마음으로 하루하루

를 버티고 살았던 거에요. 너무나 고되고 힘들어서 소리라도
질러 본 것입니다.

"엄마, 어린 막내딸의 말을 들어주지 못한 엄마의 마음은 어
 떠셨어요? 그때 많이 힘들고 슬펐지요?"
어른이 된 노력이는 엄마에게 마음으로 말을 걸어 보았어요.
엄마가 서러움의 눈물을 흘리고 있는 것만 같았어요.
그리고 어렸을 적 노력이를 토닥여 주었어요.
"노력아, 친구들 앞에서 많이 부끄러웠지? 엄마가 돈 없다고
 너그 엄마 팔아서 가져가라고 했을 때 많이 서러웠지?"
노력이와 노력이가 만나는 순간이었어요.

그 후 노력이는 배우는 것을 좋아하며 공부도 열심히 했어요.
영유아들과 환한 미소로 오순도순 행복한 시간을 보내는 직업
을 가졌어요.
동화책 읽어주는 것도 좋아하고 아이들과 함께 노래하는 것도
좋아하지요.
봄, 여름, 가을, 겨울, 사계절 따라 소풍도 가고 체험활동도 즐
긴답니다.
노력이는 앞으로도 자신의 마음을 자주 다독여 주고

자신의 마음이 어떠한지 들여다보고 위로해 주기로 했지요.

노력이의 발자국이 이렇게 말을 하네요.

"지금 네가 가장 듣고 싶은 말은 뭘까? 지금 너는 무엇을 하
　고 싶니?"라고요.

확신

이정숙

"먹을 것도 부족한 집에 가시나(계집 아이)만
 자꾸 낳아서 우짤끼고.
 이불 밑에 넣고 꾹 눌러뿌지(눌러버리지)."
내가 태어나 아직 핏덩이일 때 읍내 댁 아지매(아주머니)가
엄마에게 했던 말이라고 언니에게서 들었어요.
엄마는 울기만 했대요. 아기 목욕도 안 시켜주고 말이에요.

'영차영차'는 여자아이라는 이유만으로 환영받지 못한
존재였어요.
그래서 불안감과 억울함이 뼈와 세포들 사이에
박혀 있다는 것을 알게 되었어요.

"나라는 존재가 엄마를 슬프게 했구나.
 나는 엄마를 기쁘게 해 드려야 해."
'영차영차'는 다짐했어요.
심부름도 잘하고 공부도 잘하고 눈치도 빠른
애어른이 되었어요.
착한 딸 콤플렉스, 착한 며느리 콤플렉스,
착한 아이 콤플렉스가 주 감정이 되어 버렸어요.

'나는 열심히 하는데 저 사람들은 뭐야?'
사람들과의 관계에서도 억울함과 불안감이
습관처럼 올라왔어요.
'영차영차'는 변화와 성장을 선택하기로 했지요.
책도 읽고 심리 워크샵도 하고 상담도 수차례 받았어요.

"내가 지나가는 곳마다 아름다운 사과꽃이 피어난다."
줄리아 카멜론의 《아티스트웨이》책에서 본
한 문장과 모닝페이지가 '영차영차'를 치유해 주었어요.
상처가 많이 사그라들었지만, 억울함과 불안을
가까운 사람에게서 가끔 느낄 때가 있어요.
그 때마다 네 가지 질문을 던져 봅니다.

1. 그것은 진실인가?
2. 그 생각이 100% 사실이라고 확신할 수 있는가?
3. 그 생각을 믿을 때 감정, 신체반응, 행동이 어떻게 영향을
   받는가?
4. 그 생각이 없다면 나는 어떤 사람이 될 것인가?

'영차영차'는 앞으로 매 순간 춤을 추기로 하였어요.
몸은 다 기억하고 있지요.
어린 시절 '영차영차'의 아픔이 뼛속과 세포마다
박혀 있는 것을요.
그래서 털기 춤을 추면서 그 감정들을 많이 털어냈어요.
자신을 사랑하기로 하였지요.
그래서 춤을 추기로 하였어요.
춤이 우리들의 미래를 밝게 이끌어 줄 것이라는
확신을 가졌어요.
'영차영차'는 나의 눈물에 춤을 바치기로 했어요.
타인의 아픔에도 함께 춤을 추는 치유자가 되기로 하였지요.

'영차영차'의 진짜 이름은 정숙이자, 배움이자, 춤이자,
치유자입니다.

콘트라베이스 소리처럼

전근이솜

"네가 하기 싫은 일은 남도 하기 싫은 거야."
청소를 미루고 텔레비전 앞에 앉은 동그리를 향해
엄마는 얍! 사감 선생님으로 변하곤 하셨어요.
동그리는 사감 선생님이 된 엄마를 만날 때면
몸과 마음이 얼음처럼 꽝! 얼어버리는 것만 같았어요.

'나의 일은 혼자 해결해야 하는 거구나.'
동그리는 문제가 생기면 혼자 동굴 안으로 들어갔어요.
동굴 안은 춥고 캄캄했어요.
혼자 생각하고 또 생각했어요.
문제를 해결하기 위해 스스로에게 따져 묻고 또 물었어요.

'문제가 없는 것처럼 남이 모르게 하면 되는 거야.'
언제부터인지 동그리는
까다롭고 예민한 사람이라는 말을 듣기 시작했어요.
동그리는 자주 동굴 안으로 들어갔어요.
'나는 친구들과 편하게 지낼 수 있을까?'
'나는 왜 까다로울까? 왜 목소리가 크지?'
여러 가지 복잡한 생각이 한꺼번에 떠올라
동그리는 힘들었어요.
'나는 나야….'라는 생각도 들어
화가 나고 억울하기도 했지요.

어느 날,
콘트라베이스 소리처럼 깊고 큰 마음을 가진
려려를 만났어요.

려려는 동그리에게 바로크 음악 같은 평온함을 주었어요.
여러 음악을 알려주고 음악가들의 이야기도 들려주었지요.
려려는 동그리에게 말했어요.

"동그리는 섬세해서 음악을 참 잘 이해하는구나."

동굴 안 동그리는
혼자 남겨질까 외롭고 두려웠던 거예요.
스스로의 모습 그대로를 사랑하지 못했기 때문이었지요.

이젠 자신에게 이렇게 말해주고 있어요.
"동글아, 너의 모습 그대로 멋있어."

동글이의 변화를 묵묵히 지켜보았던
발자국이 답해주네요.

"네가 자랑스러워. 이젠 동굴 밖에서
　친구들과 음악처럼 지내자."

가슴속에 갇혀 있던 많은 말들이

전숙향

"야, 이 망할 년!"
학교도 가지 않고 입을 꼭 다문 채
돈을 줄 때까지 집 앞에 서 있는 밥순이를 보고
엄마는 빗자루를 들고 달려 나왔어요.
"아구망댕이 센 년아!"
화살처럼 쏟아내는 엄마의 욕지거는
밥순이의 귀에 박혀 머릿속을 맴돌았습니다.
겨우 돈을 받아들고 타박타박 학교로 향하는
밥순이의 마음은 바짝 말린 무말랭이가 되었어요.

어린 밥순이는 엄마에게 칭찬받고 싶은 마음이

하늘만큼이나 컸어요.
그래서 늘 바쁘신 엄마를 대신하여 온갖
집안일을 도맡아 했지만,
엄마의 칭찬은 자린고비보다 짧았어요.
말에 대한 상처와 칭찬에 주눅이 든 밥순이는
서서히 맹꽁이로 변해가는 자신을 보았어요.
그런 밥순이를 보며 엄마는 혀를 끌끌 차며
등짝을 때리기도 했지요.

'맹꽁맹꽁.'
'나는 왜 외로운 맹꽁이가 되어야 하지?.'
아무런 저항을 할 수 없었던 어린 밥순이를
안아 주고 위로해 줄 사람이 아무도 없었던 거지요.
점점 말이 없어진 밥순이는 혼자 있는 시간이 많아지면서
친구들을 사귀는 일도 아주 불편해졌어요.
혼자만의 웅덩이에 갇혀 있으니 미래가 두렵기도 했어요.

어른이 된 밥순이는 자기의 생각과 다른 상대방은
자기를 무시하거나 공격하는 것처럼 느껴졌어요.
소통하기보다 방어하기에 급급했고 회피하기에 바빴지요.

그리고 사람을 만나고 대화하는 일이 두려워졌어요.
'나는 왜 사람들과 편안하게 사귈 수가 없는 것일까?'
밥순이는 깊은 고민에 빠졌어요.

그러던 어느 날이었어요.
언제부터인가 "맹꽁맹꽁." 하는 사람들이
자주 보이기 시작한 거예요.
밥순이는 기도하며 용기를 냈어요.
마음을 열고 먼저 다가가는 연습을 하기로 했어요.

그러자 놀라운 일이 벌어졌어요.
밥순이가 다가가 위로의 말을 건네자
힘을 얻는 사람이 하나, 둘 생기는 것이었어요.
그동안 밥순이 가슴속에 갇혀 있던 많은 말들이
따스함을 품고 입 밖으로 나왔어요.

이제는 시야를 넓히고,
낯선 사람을 만나는 것도 두려워하지 않기로 했어요.
남의 시선에 신경 쓰기보다
자신의 마음을 다독이는 일에 힘을 쓰기로 했지요.

상대방이 하는 상처 되는 말에도 너무 큰 의미를 두지 않고
마음을 편히 가지기로 다짐을 했어요.

"밥순아! 네가 가장 원했던 것이
 이렇게 편안한 관계가 아니었니?"
그동안 밥순이와 함께 했던 조용한 친구,
발자국의 말이었답니다.

빛과 어둠은 하나다!

최수미

빛과 어둠은 하나에요!

어둠이 나쁜 것만도 빛이 꼭 좋은 것만도 아니에요.

모두 우리에게 필요해요. 빛은 그림자를 만들지요. 어둠은 빛으로 밝힐 수 있어요.

칠흙 같은 어둠 속에서는 한 줄기 빛으로 환해질 수 있고, 강렬한 빛은 어둠을 작게 만들 수 있지요. 둘은 떼려야 뗄 수 있는 존재가 아니에요.

내가 시선을 어디에 두느냐에 따라 어느 땐 빛을 볼 수 있고, 어느 땐 어둠을 보게 되죠.

다 괜찮아요.

그러나 의식적으로 깨어나세요!

나의 시선을 어디로 향할지는 내가 선택해요.
그 결정권은 나에게 있어요. 내 인생이니 나만이 선택할 수 있
어요.

버팔로는 물을 싫어한대요.
폭우가 쏟아질 때 비를 싫어하는 버팔로는 어떤 선택을 할
까요?
비를 피해 앞으로 전진하면 언젠가는 폭우가 버팔로를 잠식해
버리죠.
그러나 버팔로가 용기를 내 폭우를 뚫고 지나가는 것을 선택
한다면, 버팔로는 잠깐 동안만 비를 맞을 거예요!

내 선택이 나를 만들어요.
내가 어떤 생각을 하고, 어떤 선택을 할지는 내 몫이에요.
시선을 밖에서 안으로 돌리세요.
두려움을 직면하면 알게 되죠.

배움을 얻고 성장해요. 그리고 진정한 내가 될 수 있어요.
온전히 나로 살아갈 때 크나큰 자유로움을 느낄 거예요.
깊은 평화를 느끼며 풍요로움을 만끽할 수 있을 거예요.

가슴을 열고 마음의 문을 여세요.

그러면 인생의 여정마다 선물을 받을 거예요.

달려라 하니

최은주

"너는 똑똑해서 공부 많이 했잖아.
 그래서 직장도 다니고 돈도 많이 벌 수 있었고."
하니의 둘째 언니는 칭찬인지 비난인지 모를 말을
무심코 내뱉었어요.

하니의 가난했던 가족사로
두 명의 언니는 아버지를 대신해 가장이 되어 공장을 다녔어요.
그리고 하니는 언니들 덕분에 고등교육을 받고
공부를 할 수 있었어요.
하루라도 빨리 집안 경제를 일으켜 세워야겠다는 마음이었죠.
그래서 무엇이든 척척 해내며 적극적으로 살게 되었어요.

달려라 하니는 언제나 자신을 향해 되뇌었어요.
'힘내. 넌 할 수 있어! 울지 말고 다시 일어서!'

하니는 달리기 선수를 꿈꿔 보기도 했지만
집안 살리기 프로젝트를 계획하고
이루어 내는 것이 우선이었어요.
두 주먹 불끈 쥐고 배움과 함께 돈을 벌기 위해
열심히 살아냈어요.
그리고 가난이라는 어려움 속에서도
다시금 꿈을 꾸었어요.
선교와 복음으로 제 2의 인생을 만들었지요.

지금까지 잘 살아온 하니는
글을 쓰며 자신을 돌아보고 있어요.
그리고 하니의 발자국이 말을 걸어 오네요.

"나의 하니, 은주야!
 지금까지 잘 달려왔어.
 이제는 숨을 조금 돌리면서
 천천히 걸어가도 돼.

그래도 괜찮아.

너는 여전히 빛나는 존재란다.

지금 있는 곳에서 말이야."

나가는 글

나는 어떤 사람인가.

최선의 선택을 축적해 가는 사람이다.

나는 어떤 사람인가.

나에게 가치 있는 일을 나누고 확장해 가는 사람이다.

나는 어떤 사람인가.

나의 아픔을 동력 삼아 존재를 알아가는 사람이다.